LE DÉSIR

PIERRE REY

LE DÉSIR

PLON

« Quand une chose était à ma portée, je n'en voulais plus, ma joie était dans le désir. »

T. E. LAWRENCE
Les Sept Piliers de la sagesse.

— Si votre maison brûle, qu'emportez-vous ?
— Le feu.

Extrait d'une interview de Jean COCTEAU, cité par Paul Morand dans « Venises ».

Le Code de la propriété intellectuelle n'autorisant, aux termes de l'article L. 122-5 (2° et 3° a), d'une part, que les « copies ou reproductions strictement réservées à l'usage privé du copiste et non destinées à une utilisation collective » et, d'autre part, que les analyses et les courtes citations dans un but d'exemple et d'illustration, « toute représentation ou reproduction intégrale ou partielle faite sans le consentement de l'auteur ou de ses ayants droit ou ayants cause est illicite » (art. L. 122-4).
Cette représentation ou reproduction, par quelque procédé que ce soit, constituerait donc une contrefaçon sanctionnée par les articles L. 335-2 et suivants du Code de la propriété intellectuelle.

© Plon, 1999.
ISBN 2-266-09766-0

I
Scansions

Le désir et le temps

On était debout dans la cour au garde-à-vous, alignés en carré comme des cons à chanter « Maréchal nous voilà » :

Maréchal nous voilà
Devant toi le sauveur de la France...

On grelottait. Le vent glacé plaquait sur nos blouses trouées d'encre de tourbillonnantes torsades de feuilles mortes. J'avais dix ans. C'était la guerre. Je n'étais que désir. Avide de l'instant à vivre, j'avais très peu l'intelligence de la chose vécue. Quand il m'arrivait de comprendre, c'était trop tard, l'événement était hors d'atteinte, la bagarre, finie, la récréation, terminée.

De ce décalage, entre le surgissement de l'instant et ce que j'en percevais après coup,

Le désir

j'éprouvais dans ma relation au temps un déconcertant sentiment d'irréalité. À mes yeux, le temps n'était jamais du temps *normal*, avec le flot d'un déroulement continu, régulier, un temps qui aurait passé comme coulent les fleuves, dont chaque fragment aurait eu, dans sa durée, la même valeur absolue, mais quelque chose *en dehors*, *à côté*, identique à une substance à la fois dans la vie et étrangère à la vie.

Le temps pour moi n'était jamais *à l'heure.*
Trop tôt, trop tard, en porte à faux toujours.
Comme le désir.
Mais qui comprend le désir ?
Et qui comprend le temps ?

J'habitais l'école. Huit fois par jour, la cloche de la façade rythmant les deux temps de ma vie ne sonnait que pour m'en rappeler le sens immuable. En haut, ma maison. Les miens, ma chambre, les devoirs. En bas, les salles de classe. Les autres. L'énigme des autres.

Les trains passaient. La nuit, leur masse d'armes lourdes déchirait l'espace soyeux en une longue glissade dont le staccato d'acier allait mourir vers le nord.

Les yeux grands ouverts, je me berçais de

Le désir et le temps

leur gémissement, arpentant des halls de grandes lignes, inconnus, où précédé par mon ombre j'avançais à ma rencontre, une valise à la main.

Je rêvais de Paris. J'imaginais le Quartier latin comme une enfilade de minuscules maisons blanches crépies à la chaux s'érigeant sur la géométrie stricte d'une ruine romaine peuplée d'érudits à toge et de disciples en péplum.

Je venais de recevoir ma première lettre d'amour :

« Un bonjour de Nîmes... Colette. »

Figés de froid, les trois platanes de la cour inscrivaient sur le bleu du ciel leur calligraphie puissante.

Leur tronc d'olive pâle était balafré au couteau de défis et de cœurs, menaces, rendez-vous, serments d'amour, insultes. *L'arbre des désirs*, avoués à l'écorce parce que de ce lieu d'où je parle, l'enfance, en ce temps-là, rien ne pouvait être dit. Germinations... Latence... Je voulais tout. Tout m'attendait. Mais quand ? Le temps était trop long. Je bouillais. De même qu'il y avait *un* temps et *le* temps, de même s'enchevêtraient *les* désirs et *le* désir.

Le désir

Confusément, j'avais beau pressentir qu'une coupure les liait l'un à l'autre, comment aurais-je pu, à dix ans, concevoir qu'une simple consonne en était la cause, la quinzième de l'alphabet, le « S », qui a le pouvoir, dès lors qu'il colle au mot comme un ultime signe, de nous en dérober le sens sous d'innombrables leurres ?

Mais les dire *innombrables*, paradoxalement, revient à pouvoir les compter. Car même à l'infini, un nombre se *dénombre* — en fait, telle est, dans un premier temps, son unique fonction de nombre, être *dénombré*.

Ce qui ne signifie pas pour autant qu'on le *déchiffre*.

Dénombrer relève de l'arithmétique.

Déchiffrer implique la révélation d'un sens.

Celui du désir, précisément.

Le drapeau arrivait à la pointe du mât. On se mettait en rang et l'on rentrait en classe. Qu'y disait-on ?

Je ne sais plus. J'étais d'humeur rêveuse. Comme tous les enfants, je détestais l'enfance. L'amour de l'enfance, c'est pour les adultes, quand ils n'ont plus à se souvenir qu'il fallait demander la permission.

Le désir et le temps

Je voulais être vieux. Avoir l'accès du temps qui était l'accès des choses. La guerre, délicieusement, en troublait l'ordre. Les péchés singuliers, si graves la veille, s'absolvaient dans l'affolement des paniques collectives, la moindre fusillade suspendait la sanction d'une leçon non apprise, un survol d'avion, un train qu'on mitraillait, l'hiver, soudain tissé d'épices fortes, nous apportait ce fabuleux présent, le désordre, qui mettait par instants toute loi hors la loi.

Mon père, un soir, poussa vers moi une petite fille.
Je ne l'avais jamais vue. Elle avait mon âge.
« C'est ta cousine, me dit-il. Elle s'appelle Lisa. »
Jusqu'alors, nul ne m'avait jamais parlé de cette cousine qui brusquement me tombait du ciel.
Elle était timide, brune et douce, avec de grands yeux dont le vert, instantanément, me chavira.
Cet après-midi-là, j'avais fait d'interminables glissades sur des prés gorgés d'eau devenus

Le désir

patinoires éblouissantes au soleil glacé de l'hiver.

Les jours suivants, mon père crut bon de me répéter ce que je devais répondre à quiconque me poserait des questions sur la présence de Lisa à la maison.

« C'est ma cousine », dis-je.

Elle faisait déjà partie de ma vie.

Un matin, elle en disparut aussi subitement qu'elle y avait fait irruption. Je ne devais la revoir que quinze ans plus tard, à Paris. Je lui avais donné rendez-vous.

Quand elle entra dans le café, sa beauté, soudain, éclaboussant la terrasse, créa un silence.

Elle était mannequin. Peu après qu'elle eut séjourné avec nous, sa famille avait réussi à s'enfuir au Portugal pour y attendre la fin de la guerre. Nous nous dévisagions, heureux que le hasard, une nouvelle fois, ait voulu qu'on se croise. Nos verres à peine finis, nous nous levâmes d'un même mouvement. C'était une étincelante après-midi de printemps. Mais nous n'avions rien à nous dire.

J'étais un homme qui avait connu, enfant, une petite fille. Elle, une femme, ayant croisé jadis, quand elle avait dix ans, un petit garçon.

Le désir et le temps

Deux passages esquissés, à contretemps sans doute.

Temps et désir s'étaient ratés.

Était-ce pour autant un ratage ?

« Ce qu'il n'a pas, dit Platon dans *Le Banquet*, il le désire. » Autrement dit, lorsqu'on l'a, on ne le désire plus.

Autant savoir ce qui en découle : *on ne désire que ce que l'on n'a pas.*

Le temps, de son côté, en modifie la courbe.

L'a-t-on trop tôt, on ne l'a pas assez désiré. La jouissance y fait défaut. Trop tard, on n'en veut plus.

Question d'instant. D'interférences. Pour que s'opère la jonction du désir et du temps — plus improbable encore que l'arrimage en plein ciel de deux corps en chute libre — il y faut ce nécessaire et permanent miracle, le *timing*.

Si le mot me vient en anglais, c'est que je ne sais comment, dans ma propre langue, lui restituer la plénitude de son sens. Synchrone, en temps voulu, propice ? Scansion ? *Tempo* — mais tempo est italien. Concordance ? Moment ?

Le désir

Timing. Très exactement.

Quelque chose entre l'instant d'avant et l'instant d'après, l'*instant d'incandescence*, au lieu rigoureux où se produit la mise en acte du désir et du temps.

Hors de ce point parfait, le *point d'avènement des choses*, rien ne se passe, rien ne s'enflamme, rien ne naît.

Encore faut-il, pour provoquer la mise à feu du système, qu'un détonateur commun lui en fournisse l'étincelle : c'est le *langage*. À la différence du reste de la création, l'être humain est un *être parlant*.

Donc, il parle. Pour dire quoi ? Son désir.

Car on ne parle que pour dire qu'on désire. *Et le désir n'existe que d'être dit.*

Même s'il est impossible à dire.

Dans le cosmos, plus on va vite, moins le temps passe. Vieillit uniquement ce qui ne bouge pas, l'immobile.

Rien n'empêche donc d'imaginer une accélération assez absolue pour créer, à son tour, un temps absolu, un temps qui, dévoré par sa propre vitesse, s'abolirait lui-même. Un temps sans temps, d'où la durée serait exclue.

Le désir et le temps

Dans ce temps sans espace, quel lieu pour le désir ?

Pour *être*, le désir a besoin du temps.

De la durée du temps. Mais le temps, inversement, ne se déploie que parce que le désir le structure.

C'est le désir humain qui donne au temps humain sa dimension de leurre, l'*heure*, si l'on préfère, en ce qu'elle en ponctue — bonne heure, malheur, présage heureux ou coup du sort funeste —, la durée, selon les aléas de la langue où, immanquablement, *s'aliène* le désir.

Car le désir ne peut passer que par la demande.

Et que la demande implique l'autre, avec ou sans grand A. Quel Autre ? *Un* autre, qui en détient la clé.

J'étais tombé amoureux de la fille d'un gendarme.

Le jour de ma première communion, lorsque garçons et filles, en deux cortèges distincts, se croisèrent dans la travée de l'église, au regard qu'elle me lança, malgré nos onze ans, mais peut-être aussi à cause de ses voiles blancs de mariée, j'eus la certitude absolue d'assister

Le désir

à nos propres noces. Était-elle amoureuse de moi ?

Répondait-elle à mon désir d'être désiré par elle ?

Le cierge à la main, l'hostie sous la langue, à ce moment solennel, alors que je glissais sans toucher terre sur les dalles de pierre, voilà la question qui m'emplissait le crâne, impie que j'étais, que Dieu me pardonne, elle s'appelait Renée, je m'étais juré de l'attendre.

Il serait cocasse, en remontant les décennies de désir en désir, d'épingler les *objets* — choses, éléments, affects ou idéaux — qui en avaient *un instant* soutenu le fantasme. Mais le temps, qui se joue *des* désirs, l'un après l'autre, et qui changent, chatoient comme autant de miroirs, n'a pas de prise sur *le* désir. Durant tout le parcours, même au bout de notre âge, lorsque le corps nous a désertés, il nous habite, nous brûle et brûle en nous sans que fléchisse son énergie vive.

À supposer que quelque chose de nous se survive, ce serait *le* désir, *un seul et même désir* dont nous n'aurons peut-être rien su.

Quand le prisme de Newton tournoie sur lui-

Le désir et le temps

même, s'y délitent, en un blanc parfait, les différentes tonalités du spectre solaire qui en constituent les facettes. Dans leur rotation folle, rouges, jaunes et bleus amalgamés par leur vitesse se muent soudain *en une seule absence* — une absence de couleur, *le blanc.*

Mais un blanc dont on sait qu'il contient *toutes* les couleurs — le prisme s'immobilise, elles réapparaissent.

Ainsi de la multitude de nos désirs dont chacun, au-delà de sa singularité, ne nous livre rien de l'énigme qui les contient tous, *l'énigme du désir*, dont le sens, sans doute pour nous empêcher de mourir au cas où on en percerait le mystère, est destiné à nous rester interdit.

Car, s'il existe un sens du désir — on peut même, à travers les métaphores qui nous le dérobent, parler de sens unique —, qui pourrait juger que le désir ait un sens ?

Mon père était instituteur.

On comprendra l'ambiguïté de ma position par rapport aux autres élèves — même s'ils m'accordaient le bénéfice du doute, n'étais-je pas, à mon insu, un espion au service du Maître ? Combien de fois, pour mieux leur prouver

Le désir

que j'étais des leurs, n'allais-je pas jusqu'à organiser le chahut ? Après la classe, contrairement à ceux qui n'avaient qu'à pousser la porte pour se retrouver dehors, la rue m'était interdite. Trop de *tentations*, de *dangers*. Lesquels ? On ne me le précisait jamais. Mais je brûlais d'aller à leur rencontre. Surprotégé, choyé, surveillé, je me retrouvais donc non seulement *exclu de l'extérieur* mais encore, horreur majeure lorsqu'on aspire à la volupté de passer inaperçu, condamné par la fatalité de ma filiation à *donner l'exemple*. Je *me* devais, paraît-il — la forme pronominale indiquait surtout que je le devais d'abord à ceux qui l'exigeaient de moi —, d'être le premier de la classe, poli, respectueux, propre, lisse, coiffé, alors que ma seule ambition était d'être intégré à part entière au ramassis flamboyant des cancres libres à tignasse rebelle qui partageaient leur temps entre le piquet, l'exclusion, la bagarre et la pêche à mains nues dans des ruisseaux où ceux qui nous distillaient leur savoir n'auraient même pas soupçonné l'existence d'une loche.

Premier désir : leur ressembler.

Le second était plus bouffon, mais l'adolescence s'y prête. J'avais seize ans peut-être et

Le désir et le temps

j'étais fou d'un bleu, un bleu si hideux qu'il a certainement disparu de la gamme des bleus, un *bleu pétrole*. Telle était alors, symbole d'une insurpassable élégance, la couleur des costumes rembourrés qu'arboraient les interdits de séjour, macs, voyous et délinquants de toutes sortes, consignés par la Loi dans la ville voisine.

Une ou deux fois, à l'occasion de visites à ma grand-mère — un car poussif à gazogène, puis, la longue marche dans des avenues vides blanches de soleil au fond de banlieues ferroviaires où éclataient brusquement des jardins —, abasourdi d'admiration, je les avais croisés *Rue de la République*, déambulant d'une démarche chaloupée vers des bars mystérieux aux rideaux cramoisis où ils jouaient aux dés sur des plateaux de feutre.

Ah, être un autre, en province, l'hiver...

Un autre, enrobé de ce bleu pétrole...

Les objets de désir — en l'occurrence une sorte de bleu — sont puisés par nous tous dans la sphère des signes. Finalement, c'est à peu près tout ce qu'on désire de la vie, des signes. Et, corollaire, à peu près tout ce qu'on en obtient. Parce que c'est tout ce qu'on en capte.

Le désir

Quelque chose qui représente autre chose.

Ou quelqu'un. Mais quelqu'un qui n'est déjà plus personne, devenu signe à son tour dans cet espace sans limites du langage où, de signifiant en signifiant, d'y rebondir à l'infini, s'abolit le sujet. Le sujet du discours.

Comme les désirs, avec le temps, les souvenirs nous reviennent dans la perspective inversée des chefs-d'œuvre des primitifs où le statut social des personnages représentés, et lui seul, détermine dans le tableau leur échelle et leur taille. Ainsi les princes, au-delà de l'horizon, nous apparaissent-ils, contre toute logique — la logique de la perspective, bien entendu —, dix fois plus grands que les hommes d'armes du premier plan.

La mémoire est soumise à la même déformation.

Se moquant de la chronologie, elle nous restitue aussi bien des événements à haute intensité que des souvenirs minuscules, rengaines, images, sons, saveurs.

Elle nous les impose pourtant en première ligne, comme si ces reflets perdus de vibrations fugaces exigeaient de nous la même acuité que les points cardinaux de notre destinée.

Le désir et le temps

Mais l'inconscient exclut le hasard.

Dans ces bribes de tout et ces fragments de rien que nous renvoie le temps, qui peut savoir, jadis, ce qui nous brûla, et qui peut-être, à notre insu, toujours, nous consume ?

Entre l'essentiel et le dérisoire, où est donc la voie de ce désir sans fin qui, de ne pouvoir se dire, ne cesse jamais d'être dit ?

II
Substitutions

Le désir et le manque

La nuit, jadis, il y avait avenue de la Grande-Armée, à Paris, une vieille prostituée unijambiste. On l'appelait la Comtesse. Debout sur le trottoir, pouce de la main droite levé pour arrêter les autos, elle jouait de la gauche avec un immense fume-cigarette. De minuit à l'aube, elle damait le pion à ses rivales de vingt ans. Mi-goguenardes, mi-jalouses, elles regardaient la Comtesse monter et descendre des voitures tout en faisant voler d'un geste pathétique ses atroces oripeaux de folle de Chaillot. Son âge, sa dégaine, il était évident que par rapport aux autres qui s'offraient, à leur jeunesse, à leur beauté, il lui manquait quelque chose.

Quoi ? Sa jambe, précisément : c'est parce qu'il lui manquait une jambe — je crois me

Le désir

souvenir qu'il s'agissait de la gauche — que les clients, de préférence à toute autre, embarquaient la Comtesse.

Cette absence, chez elle, faisait office de signe plus.

Par une espèce de compensation fantasmatique, ce qui la mettait hors jeu du registre esthétique la valorisait dans le champ plus trouble du désir. L'inconscient n'en fait qu'à sa tête. Indifférent aux lois morales, au regard de l'Autre et aux idées reçues, il se délecte d'objets partiels, d'imperfections, de carences érotiques. La beauté a toujours suscité de sublimes discours. Elle n'a jamais fait bander personne. Ce qui excite n'est pas fatalement beau. Ce qui est beau n'est pas forcément excitant.

À la limite, l'est davantage l'imperfection qui s'inscrit comme une faille. Quelque chose en trop, en moins, ou qui altère, déforme, modifie.

Dévalorise.

Ce rabaissement n'intervenant que pour corriger ce que la beauté, à cause même de son intolérable perfection, comporte de menace sourde. Parce que se joue en elle, à notre insu, et se noue, quelque chose qui a un rapport avec

Le désir et le manque

la transgression d'un interdit si absolu, si innommable — au pied de la lettre, *qu'on ne peut pas nommer* — qu'il n'est même pas cité dans les Dix Commandements : la prohibition de l'inceste.

Sans lui, pourtant, aucune civilisation n'aurait pu éclore, encore moins se développer. Rien n'aurait été transmis, rien n'aurait évolué. De génération en génération, l'homme, toujours semblable à l'homme, n'aurait fait que se reproduire, tel une plante ou une bête, sans que rien, jamais, n'évolue de son histoire. Tel est le sens de l'interdit. En termes de civilisation, sa nécessité.

On peut toutefois noter au passage que si l'inceste, malgré l'horreur qu'il provoque, n'était pas aussi naturel — par opposition à *culturel* —, il ne serait peut-être pas proscrit avec une telle rigueur.

D'être une conséquence de l'Œdipe, la dévalorisation de l'objet sexuel, si étrange au premier abord, nous apparaît soudain sous un éclairage moins énigmatique. Quand on respecte trop, quand on admire trop, on s'abstient. On ne baise pas ce qui est parfait, on ne couche pas avec sa mère.

Le désir

D'où la valeur de ce qui dévalue.

L'objet qui fait défaut. L'objet absent — la jambe de la Comtesse, par exemple.

En fait, ce qui nous plaît chez l'autre, c'est ce qui lui manque — *je ne serais pas complet s'il ne me manquait pas quelque chose*. Tel est le paradoxe de notre destinée, elle ne se structure que d'un manque. Pour être un tout, encore faut-il qu'existe en nous ce qui, précisément, nous en barre l'accès.

« Ce n'est pas manque de ceci ou de cela, dit Lacan, mais manque d'être par quoi l'être existe. »

Pas étonnant que le cercle ne puisse se refermer sur lui-même. Manque à être, manque à jouir, manque à aimer. Le désir vient combler la béance.

Mais comme aucun objet ne peut combler le désir, d'entrée de jeu, les dés sont pipés. D'où cette angoisse diffuse, l'angoisse d'être homme sous le signe de l'inachevé. Quoi que la vie nous offre, ou quoi qu'on lui arrache, nul ne peut éviter cette attente anxieuse d'une chose indéfinie dont on ne connaît ni la nature, ni la fonction, ni pourquoi elle pourrait nous être

Le désir et le manque

précieuse, ni comment se défendre contre ses effets de malaise.

La chose.

Qui implique la question : comment peut-on désirer en ignorant ce qu'on désire, ou espérer qu'une *absence de chose* se transforme en *quelque chose*?

Dans l'histoire des Danaïdes, les cinquante filles de Danaos, roi d'Égypte et d'Argos, tuent leur époux au cours de leur nuit de noces — il s'agit de l'histoire d'un roi, qui, de peur d'être détrôné, exige de ses filles qu'elles exécutent à coups de dague les cinquante fils d'un autre prétendant, son propre frère. Toutes s'acquittent de leur mission. Toutes sauf une, Hypermnestre, la seule qui échappera au châtiment de ses quarante-neuf sœurs, remplir d'eau, jusqu'à la fin des temps, un tonneau sans fond. Par rapport à ce qui lie le désir et le manque, cette dialectique du trou et du tonneau a de puissants effets de dévoilement. Non pas des *effets* du désir ou de l'*objet* du désir, mais de sa cause.

Car, dans l'économie du désir, ce trou, par lequel l'eau, à l'infini, s'échappe, ce trou s'appelle *le manque*.

Le désir

Et c'est pour le combler qu'existe le désir.

Le manque de quoi ? De ce qui manque, justement.

Quelque chose. Quelque chose qui ne se manifeste qu'en négatif, par son absence, mais qui, pourtant, nous conditionne en tant que sujets humains.

Sujets du manque.

Serions-nous un peu moins incomplets si nous savions en quoi consiste cette *chose* qui comblerait le manque ? La chose se dérobe à la question.

Ce qui la constitue, jamais, ne parviendra à colmater le manque. Elle s'inscrit dans l'effet dont elle est la cause. Comme l'eau dans le tonneau troué. En ce qu'elle n'emplira jamais le tonneau.

À cause du trou, justement.

Le *trou*, lieu de la fuite. *Lieu du désir.*

Lieu du manque.

Automne à New York, début novembre, Central Park South, Sixième Avenue. La lumière dure creuse des gouffres d'ombre sur les façades de verre et de béton bordant les rues où d'un trottoir à l'autre, en plein midi, le jour devient la nuit. Machinalement, je lève la tête. Là-haut, très haut, hors de toute atteinte, j'aperçois, glissant dans ce bleu d'une pureté absolue où se diluent l'acier des tours et les nains de la rue, le déploiement magistral d'un vol d'oies sauvages déchirant l'espace en formation triangulaire. Figé, je suis des yeux cette éblouissante flèche de plumes.

Bientôt, les oies s'évanouissent vers l'ouest.

Le ciel est vide. Pendant quelques instants magiques, elles en ont bouleversé la vacuité en y créant un objet neuf, *l'objet vol d'oies sauvages*.

Sa disparition dévoile brusquement ce trou précis du vide où réside l'absence. Là où était quelque chose, soudain, il n'y a plus rien : tel est le manque. La sensation du manque. Encore, ce jour-là, savais-je ce qui se dérobait. Alors que dans l'économie psychique, l'approche la plus serrée n'aboutira jamais qu'à une trace, *la trace d'un creux*. Quelque chose d'inscrit en creux dont mieux vaut peut-être ne pas chercher à forcer le sens, la quête d'une plénitude imaginaire nous attirant parfois plus d'aléas que la disgrâce d'être incomplet.

Selon le proverbe chinois, on ne doit jamais terminer sa maison sous peine de mourir à

Le désir

l'instant même où on l'achève. Autrement dit, on meurt dès que tout est parfait — c'est pourquoi, de ne pas l'être soi-même, on meurt si peu. En quoi se pose l'utilité de la perfection, nous maintenir désirants pour mieux nous garder *en vie*.

Il existe dans l'art arabe une tradition séculaire.

Leur œuvre achevée, les créateurs y glissent un imperceptible *défaut* : sans cette imperfection, invisible au profane, la création courrait le risque d'être parfaite.

Or, seul Dieu est parfait. En dehors de Lui, toute perfection est sacrilège. Comment, dès lors, au-delà de la justification théologique, ne pas se demander si, à l'insu du créateur, l'opération ne consiste pas à réintroduire dans toute création la *fonction du manque* ?

À supposer que puisse être conçu le chef-d'œuvre absolu, sa perfection même, excluant le défaut sans lequel nulle œuvre n'est complète, le reléguerait au rang des créations inachevées.

Imparfaites.

Par un effet de renversement dialectique, le

Le désir et le manque

manque, aussi bien dans la création que chez le sujet humain, ne serait alors qu'un appel destiné à une énigmatique fonction de complétude. Où le manque, et lui seul, pourrait combler le manque. Le vide qui le constitue ne pouvant être colmaté que par un autre vide.

C'est ici qu'intervient le fameux *objet a* — « objet petit a » — de Lacan, *objet cause du désir*.

L'objet destiné à combler le manque.

Objet par excellence immatériel, hors du monde.

Objet du désir, objet d'ombre. Né du langage qui le fonde, il nous leurre de son éclat dans un espace de hasard, au-delà du besoin qui a motivé la demande.

Parce que ce qu'on demande n'a rien à voir avec ce qu'on désire — la demande porte sur un objet, le désir, sur un manque. Que ce qu'on désire ne peut pas être dit.

Mais qu'il suffit de *dire* pour passer de ce qui est dit à l'indicible, c'est-à-dire dans le champ du désir, sur l'autre versant de l'abîme qui le coupe irréductiblement du besoin.

Car le besoin est limité. Mais le désir, sans limites.

D'être dit, justement. Basculant ainsi du côté

Le désir

du manque où toute demande en ouvre une autre, une autre encore, à l'infini, visant toujours plus loin, au-delà du désir exprimé, l'ombre d'un vide, quelque chose qui enroberait le vide : un mot. D'un mot à l'autre, dans ce glissement sans fin de signifiants qui nous gouvernent. Pour mieux nous renvoyer sur la même butée : « *C'est pas ça.* »

Car *ce n'est jamais ça.*

En chaque désir, fût-il totalement exaucé, demeurera toujours cette zone d'ombre, l'ombre portée du désir, autrement dit, la part du manque.

Qui est de structure, nous précède, nous fait cortège, nous survit. À la fois en nous, où nous l'éprouvons, et en dehors de nous, où il nous éprouve.

Il est dans l'Autre, considéré comme le lieu des signifiants, caverne du langage comparable à celle de Platon où le désir viendrait se mesurer au destin et où chacun, pour exister comme sujet parlant, devrait nécessairement payer sa dîme, acquitter le prix de son passage. *S'acquitter.* Régler la dette symbolique.

Avec Platon, sur les rives du Léthé, le droit d'accès à une autre vie se paie de l'oubli. Le

Le désir et le manque

désir, lui, pour la grâce d'être désirant, comme Shylock pour sa livre de chair, exige le tribut du manque. Le manque, faille du désir.

Faille de l'être, d'être *être du langage.*

Et être de l'être, issu de l'être, et coupé de l'être. Petit d'homme, donc, que Lacan appelait l'*hommelette*, cette hommelette impossible à faire sans casser l'œuf.

À cause peut-être de ce rapport fantasmatique qui le lie, *aussi*, à l'organique, l'*objet petit a* ne peut être identifié que dans une certaine forme de relation au *soma*, ce qui a rapport au corps, vient du corps, est généré par le corps mais se détache du corps — ou *pourrait* s'en détacher — comme autant d'*éclats partiels*, dont chacun, indépendant des autres, va pourtant fonctionner comme représentant unique d'un sujet dans sa totalité — le sein — objet de la succion —, les fèces — objet de l'excrétion —, la voix, le regard, tout ce qui, du corps vers l'extérieur, peut se glisser par un orifice, passer entre les lèvres, choir d'un trou, jaillir d'une fente. Déchet, pénis, enfant, contre-ut, regard... « Vous êtes des étrons tombés de l'anus du Diable », vociférait Luther. Comme un livre, un tableau, une symphonie, chacun issu de son créateur, du fait même que cette création soit sortie de lui, peut être considéré, comme le sanctionne si bien le langage courant, à l'instar d'une merde.

Sans oublier, par extension métaphorique, tout ce qui sera susceptible, dans l'imaginaire, de donner forme à ce qui est supposé colmater le manque.

En fait, n'importe quoi, du moment que la pulsion y trouve son compte. Ou n'importe qui, selon la couleur du fantasme, l'humeur de l'instant. Tout objet fera l'affaire.

Spinoza l'avait déjà souligné dans *L'Éthique* : ce ne sont pas les objets qui produisent le désir, mais le désir qui fabrique ses objets. Aucune chose en soi n'est désirable.

De même en soi, nul objet n'est bon ou mauvais.

Créé dès lors par l'instant, ou la situation, il ne devient bon que si on le désire — et encore, on peut désirer le mal. Dans les années 80, à Los Angeles, qui furent à bien des égards, des années extravagantes, pour peu que vous fussiez désœuvré et qu'un désir soudain vous titillât, *sexuel*, pour l'appeler par son nom, il convenait, dès lors qu'on était initié, de se faire

Le désir et le manque

passer auprès d'un *broker*, un courtier immobilier, pour acheteur d'une propriété dans l'un des quartiers les plus luxueux de la ville, Bel Air, Beverly Hills, Brentwood — plus le prix était délirant, plus l'affaire était dans le sac. Trente minutes plus tard, dans une sublime maison vide — on sait à quel point le *vide* recèle de mystère —, se retrouvaient en tête à tête « client » et jeune femme — à partir de cinq millions de dollars, il s'agissait *toujours* d'une jeune femme —, chargée par l'agence de la faire visiter. Les Américains sont moins coincés que nous en affaires. Il suffisait qu'un peu de sympathie naquît pour que coïncidassent le désir et, quel qu'il fût, *son objet*. Chaque homme, selon Aristote, ne recherchant que l'utile qui lui est propre, ainsi, l'amateur de résidences, par le biais d'une fausse opération immobilière, réussissait-il à atteindre la vérité de son désir.

Pauvre sujet — je veux parler du *sujet du désir* devenu *objet de l'amour* — dont la prétention ultime, son mirage absolu, est de vouloir être aimé *pour lui-même*.

Alors qu'aux yeux de l'Autre, avant d'être un tout — ce fameux *sujet* qu'il s'imagine être —, il n'est qu'*agalma*, fragment miroitant de ce tout, objet partiel correspondant, à son insu, à un fantasme.

Le fantasme de l'autre.

C'est-à-dire la projection de son propre manque où chacun, par le biais d'un signifiant, peut combler ce qui de l'autre est en creux, tout en y captant ce qui lui manque.

Il arrive, dans cet échange pressenti, que les deux participants, voués à se compléter, n'aient pas plus de chance de se rencontrer, selon le mot des surréalistes, qu'une machine à coudre et un parapluie sur une table de dissection.

C'est pourtant ce qui arriva, à Rome, entre ma mère et Ava Gardner. Ma mère, qui n'avait jamais voyagé, débarqua un jour sur le plateau où l'on tournait un film tiré d'une pièce que j'avais écrite, *La mienne s'appelait Régine*. Un titre idiot qui m'avait subjugué de toute la violence de son idiotie au point de ne plus pouvoir en changer sitôt qu'il se fut imposé à moi. Le personnage central, sur fond de castration, en était une mère. Un archétype de mère. Pas la mienne, spécialement. Mais pourtant, quelque chose qui lui ressemblait, un élément commun à toutes les mères, et qui tient à leur nature

Le désir et le manque

même de mère. Dont Ava, qui interprétait le rôle aux côtés d'Anthony Quinn, était évidemment exclue.

Quoi de commun entre cette nomade mythique sans progéniture, symbole de toutes les libertés, et ce personnage de mère possessive, étouffant sous un féroce excès d'amour son mari et son fils ? Entre deux prises, je m'approchai d'Ava, assise sur le fauteuil marqué à son nom et lui dis que la vraie *Maman* était parmi nous. Elle se leva avec brusquerie, fit trois pas vers ma mère, lui prit les mains et la contraignit à s'asseoir à sa place — la vérité m'oblige à dire que ma mère ne se fit pas prier longtemps pour s'y installer.

Après quoi, dans un mouvement de félin gracieux, Ava se laissa glisser aux pieds de ma mère, de telle sorte qu'elle eut l'air d'être agenouillée devant une reine.

Entre ces deux femmes, si dissemblables en apparence, s'instaura alors un dialogue extravagant où chacune, croyant parler à une autre, s'adressait à quelqu'un n'existant que dans son fantasme.

Ma mère, prenant Ava pour sa légende.

Ava, s'imaginant que le modèle original

Le désir

trônant dans son fauteuil était conforme aux répliques de son texte.

Dialogue d'ombres où toutes deux, simultanément, ne voyaient en l'autre que ce qu'elles imaginaient y percevoir de son propre manque.

Ma mère, la frivolité supposée de l'actrice, paillettes, voyages et poudre aux yeux, Ava, la sérénité présumée d'une mère *authentique* symbolisant tout ce qu'elle avait souhaité incarner à travers le mensonge de son rôle.

Dans les deux cas, par rapport à leur désir inversé d'être un morceau de l'autre, le malentendu aboutissait à un effet de vérité, *le constat d'un même ratage.*

Chacune, de n'être pas ce qu'elle aurait voulu être.

Ma mère, à son insu, actrice. Née pour être actrice.

Ava, femme au foyer. Mise au monde pour chérir le même mari, élever des enfants, nourrir une famille.

Deux ans plus tard, Ava Gardner mourait à Londres. Seule. Dans son appartement où elle vivait sous le nom de Mrs. Morgan. Le nom de son chien.

Le désir et le manque

Pas plus que ma mère, elle n'avait su, selon le mot d'Aristophane, « *s'accomplir dans l'inachevé* ».

C'est-à-dire supporter, malgré le manque, ce qui lui était imparti de vie. *Se supporter.*

Encore eût-il fallu qu'elles apprissent l'une et l'autre que dans l'illusoire espoir d'en occulter la béance, il convenait de faire au manque l'offrande d'une multitude d'objets — d'amour, de désir, etc. — ayant à peine plus d'effet provisoire qu'un emplâtre sur une jambe de bois.

Et l'ayant admis — à défaut de s'y résigner —, en assumer le fait en sachant bien que jamais, rien ni personne n'y pourra changer quoi que ce soit.

Démarche assez identique au déroulement d'une analyse — si elle est bien conduite —, où le sujet, en cours de route, arrivera tôt ou tard à ce point du trajet où il devra affronter quelque chose qui le dépasse.

À savoir, son désir.

Pour découvrir qu'il ne peut pas le dire.

La cure n'aura eu d'autre effet que de l'orienter vers cette impasse. Elle n'est même destinée qu'à cela.

Le désir

Mais le parcours nécessaire pour y accéder, entre l'aller et le retour, aura changé la nature de l'analysant par le biais d'une métamorphose radicale, son *avènement de sujet*. Même s'il n'a consisté qu'à se voir révéler que tout désir n'existait que d'être indicible.

Ainsi, poinçonnée par le manque, déroutée par le langage et conditionnée par le désir, la destinée humaine ne peut se soutenir que de sa propre fracture.

Aveugles et éblouis, nous courons en son creux, plus loin, toujours plus loin, de leurre en leurre, jusqu'au dernier désir où le désir nous leurre...

III
Fictions

Le désir et l'amour

J'arrive de la plage. J'ai chaud. J'ai soif.
J'ouvre le réfrigérateur, en sors une bouteille de thé, m'en verse un verre et le bois. Plaisir délicieux du liquide glacé dans la gorge. Thé subtil, authentique, puissant.

Avant de la remettre au frais, je jette un coup d'œil machinal sur l'étiquette de la bouteille. Je lis :

« *Ingrédients : eau, sucre, jus de citron reconstitué (0,5 %), acidifiant : acides citriques, arômes naturels de thé et de citron, antioxygène : acide ascorbique, extrait de thé (0,03 %) et colorant E 150 D.* »

Ainsi, ayant cru boire un thé naturel, un thé « vrai », n'en ai-je absorbé qu'un extrait à 0,03 % dilué dans un ersatz coloré au « E 150 D ».

Le désir

Tel est l'amour.

Un sentiment intense, profond, exaltant, plus vrai que toutes les vérités, dont on s'aperçoit soudain que les différents fragments qui en composent l'ensemble sont sans rapport avec l'essence — dans le sens d'essence d'un parfum — qu'on avait cru y trouver en l'éprouvant.

Et pourtant, on l'a vécu. On en a joui autant que de ce thé chimique pris pour du thé pur. Et comme pour le thé, joué par sa propre jouissance, on a joui d'une même illusion — mais jouir, n'est-ce pas être joué ? L'amour, cette seconde peau de l'être humain, se composerait donc lui aussi de produits de synthèse : avec du faux (fantasmes, espoir, croyance et différents phénomènes de transfert), il aurait le pouvoir de fabriquer du vrai, — de la jouissance.

Avant d'aller plus loin, une précision : ces lignes, qui apparemment constituent le début de ce chapitre, ont été écrites en réalité après que j'en eus pratiquement achevé la rédaction.

À cause d'une femme.

Qui les a lues par-dessus mon épaule. Et qui, à ma stupéfaction, en a eu les larmes aux yeux. Comme elle ne pleurait certainement pas sur la

Le désir et l'amour

beauté de mon texte, je me suis demandé quel sens elle avait pu en capter qui la blessât au point de prendre à son compte exclusif ce que j'avais écrit en m'efforçant de ne penser à personne.

Car c'était là, dans ce transfert abusif, je le savais d'instinct — dès qu'il s'agit d'amour, chacun découvre ce qu'il veut bien y voir, ou plutôt, ce qu'il espère, mais surtout, ce qu'il redoute — que se situait la cause de son désarroi, le sens caché de ses larmes.

— Tout ce que je viens de lire est triste, a-t-elle soupiré. Décourageant. J'ai passé ma vie à le combattre. À m'accrocher à autre chose. Pour y croire.

J'ai voulu protester. Elle a levé une main lasse.

— Le pire, c'est que je sais que c'est vrai.

À ses yeux, donc, je disais la vérité, elle « le savait », mais cette vérité ne lui convenant pas, elle préférait l'ignorer pour « *s'accrocher à autre chose. Pour y croire* ».

À quoi peut-on s'obstiner à faire semblant de croire lorsqu'on sait qu'on croit à quelque chose de faux ? Je lui ai juré, et j'étais sincère, que je n'envisageais l'amour que selon sa propre idée, que c'était la seule qui soit vraie, possible et réelle, c'est-à-dire l'amour rêvé par les poètes.

Écrits quatre siècles plus tôt, les vers de Clément Marot me sont montés aux lèvres.

« Amour, tu as été mon Maître/ Je t'ai servi sous tous les Dieux/ Ô si je pouvais deux fois naître/ Comme je te servirais mieux. »

Rien n'y a fait. Qu'avais-je donc écrit de si horrible pour qu'elle entende le contraire de ce que j'avais voulu exprimer ? Je suis donc revenu à mon texte. Je l'ai relu.

Il commençait par ces mots : « Je suis l'homme le moins doué... » Doué pour quoi ?

C'est ce qui suit...

Je suis l'homme le moins doué pour parler d'amour.

Non que j'en ignore, plus qu'un autre, les effets de subversion et de ravage. Mais j'ai le sentiment aigu que les mots pour le dire, lorsqu'on commet l'imprudence de vouloir les prononcer, vident l'amour de sa substance.

C'est fragile l'amour. Indifféremment, il naît d'un mot, meurt d'une lettre. *La lettre* qui l'épingle, aussi érotisée que la beauté d'un sein. Prudence... Plus je ressens, moins j'exprime. Plus je parle, plus se dérobe l'objet même de mon discours, comme si les mots avaient sur l'amour le pouvoir de la flamme sur la glace, la changer en eau et la rendre à son état d'impalpable vapeur pour qu'elle se dissolve ensuite dans l'espace.

Solide, liquide, gaz, évanescence, disparition.

Comme si le dire d'amour avait le pouvoir d'annuler le contenu de l'amour. Et inversement, comme si l'état amoureux, sous peine d'être aboli, excluait tout recours au langage. Se taire, donc — si on aime.

Surtout se taire. Ressentir. S'imprégner. Garder en soi, pour soi. Boire l'autre. En silence, de la bouche et des yeux. Jusqu'à affronter ce paradoxe : bien que les mots l'annulent, l'amour ne se nourrit que de langage.

La pulsion se passe de paroles. Le désir s'exprime.

Mais l'amour, pour être, n'en finit pas de parler. Pour dire que ça va durer toujours. Ou que c'est fini. Ou que ça commence. Ou que si tu me quittes, je meurs. Ou que jamais plus. Ou que demain tu verras.

C'est un fait, depuis que l'homme parle, le discours amoureux a fait couler plus d'encre encore — de larmes, aussi, peut-être — que de sperme. Il n'est pas très difficile de situer ce point de passage du corps au langage, c'est-à-dire de la pulsion au désir, où l'énergie sexuelle, canalisée par la lettre — cette *lettre* qui le voue aussi bien à l'existence qu'au ratage —, glisse de l'organique à l'ordre symbolique pour s'y inscrire à jamais : c'est l'instant de la demande. L'instant-bascule où le sujet s'aliène dans ce qu'il requiert, de le requérir justement, car la réalisation de son désir ne dépend plus désormais que de la réponse de l'autre. Du désir de l'autre : ainsi vont les choses de l'amour, ainsi commencent les emmerdements.

Tant qu'il s'agissait de pulsion, tout était relativement simple. La pulsion est univoque. Elle n'exige que l'abaissement d'un excès de tension. Peu importe son objet — du moment que ça opère, tout est bon.

Mais sitôt qu'il s'agit de désir, ou, plus ambigu encore, d'amour — sans entrer pour l'instant dans ce qui les sépare —, les choses se compliquent.

En fait, il suffit bien souvent qu'elles soient

dites pour que tout déraille. Il arrive aussi que du langage, le désir élimine le superflu.

Ce jour-là, à peine avions-nous échangé quelques mots.

Des mots neutres, sans signification spéciale, comme s'il eût été capital de laisser dans l'ombre ce désir qui nous faisait trembler. Elle avait vingt-cinq ans. Moi, seize. Nous faisions partie d'un groupe en excursion pour une journée à la mer. Afin d'échapper discrètement à la vigilante pesanteur des autres, nous étions partis chacun de son côté pour nous rejoindre au pied de collines arides.

Pendant une heure, nous avions escaladé des éboulis de roches blanches surchauffées, nous déchirant aux épineux qui nous faisaient courber la tête. Jusqu'à ce que nous arrivions sur un promontoire dominant de très haut l'horizon et la mer. Le prétexte était un pique-nique. Elle avait sorti de son sac des sandwiches, des anchois, des olives. Nous les avions dévorés sur un lit d'aiguilles de pin qui s'enfonçaient dans la peau moite de nos jambes nues.

Elle avait seulement oublié d'emporter à boire.

La gorge en feu, nous nous étions alors jetés

Le désir

l'un sur l'autre comme on plonge dans un lac d'eau glacée pour y assouvir sa soif.

C'est ça, le désir. *La soif.*

La soif de l'autre, lorsqu'elle est assez féroce pour qu'on en oublie la vraie soif.

L'amour est d'une autre texture.

Bizarrement, Kant a voulu que désir et amour fussent liés, et qu'existât entre eux un nécessaire passage, comme si le désir — forcément *animal* à ses yeux — n'était qu'une première marche obligée vers un état plus *noble**. En réalité, l'un et l'autre n'ont en commun que ce rapport distrait de connivence langagière qui, abusivement, les enveloppe du même mot, le mot *amour*.

Chacun sait pourtant, pour l'avoir vécu, qu'on n'aime pas toujours ce qu'on désire, pas davantage qu'on désire ce qu'on aime. En quoi nous devient plus visible le clivage du désir à l'amour. Leur lien improbable. Et les effets de malentendus qui en découlent. À la limite, on pourrait presque dire que l'amour est un habillage du désir, « l'étoffe de la nature que l'ima-

---

* Kant : *Conjectures sur les débuts de l'Histoire.*

Le désir et l'amour

gination a brodée », selon le joli mot de Voltaire.

Une certaine manière civilisée de maquiller la pulsion en discours amoureux, un discours qui nous parlerait de tout, sauf du désir qui en constitue la trame.

Supposons. Mais supposons aussi que ce désir, sous le coup de la répétition, des convenances sociales, des devoirs, des aléas du quotidien, de la promiscuité et de la saturation inhérentes à la structure du couple, ce désir, orienté jusque-là vers le même objet, l'autre, l'objet d'amour, la maîtresse, l'amant, ce désir, avec le temps, s'émousse, s'étiole et meurt : *quid* de l'amour ?

Un couple peut survivre à la mort de l'amour, mais l'amour survit-il à la mort du désir ? Si l'amour est bien l'habillage du désir, c'est là peut-être qu'il se *démaille*, un lainage dont les mailles foutraient le camp.

Et où, n'habillant soudain plus rien, il flotte comme une robe vide désertée par la chaleur d'un corps.

Lien ambigu, méprise heureuse d'où sont nés les mythes, les légendes, la poésie, les romans, les récits et les contes : l'amour ne se vit que d'être dit.

Pour peu qu'on sache lire *entre* les lignes, à savoir, lire ce qui n'est pas écrit — définition même et étymologie du mot intelligence, *interlegere* —, on voit qu'il n'est même question que de cela dans tout ce qui s'écrit.

Mes premiers mots d'amour, je les ai rédigés à onze ans sur la semelle de mes chaussures. Jamais l'image du « scribe accroupi » ne fut plus appropriée qu'en ces heures d'enfance où, assis en tailleur à même le trottoir, jambe gauche reposant sur la droite, la surface plane de la semelle tournée vers le ciel en guise d'écritoire, je calligraphiais au crayon sur du papier froissé « *Je t'attends à six heures derrière la haie.* »

Si brève fût-elle, cette missive contenait déjà l'élément essentiel de l'amour, l'*attente*. En amour, on ne peut qu'attendre. Rien ne saurait forcer les portes du fantasme de l'autre. Mais lorsqu'elles s'entrouvrent, il y a trace. Moi qui n'ai jamais eu que la mémoire des visages, je me souviens même de son prénom, Claire. C'est dire si me marquèrent ses yeux bleus, ses cheveux blond cendré et ses joues de craie

Le désir et l'amour

pâles. Je l'aimais. Elle aussi, sûrement. Comme on aime à dix ans. À en mourir. Ni pulsion, ni désir, mais *amour*. Amour pur. Pur amour.

Encore fallait-il, pour que nous fussions sûrs qu'il existât davantage, qu'il fût dit, se soutenant de signes jusqu'à devenir signe lui-même, signe d'amour.

La haie nous protégeait — il y a toujours une haie pour défendre l'œil des enfants du regard des adultes.

Les feuillages — une autre avancée insolite de Kant — n'ont d'autre fonction que cacher quelque chose à ceux qui s'aiment. À ses yeux, les deux providentielles feuilles de figuier masquant chacune au regard de l'autre le pubis d'Ève et les organes génitaux d'Adam, ne sont en effet que le symbole de leur sagesse : en voilant le lieu le plus intime de leur nudité, ils se protégeaient d'instinct des pulsions qu'aurait pu faire naître la vision de l'objet occulté par les feuilles de figuier.

Une *vision* (en tant que fonction sensorielle) qui n'a pas toujours été, loin de là, au premier plan des stimuli érotiques. Là où est l'œil, nous a appris Freud, était le nez. Avant de conquérir la station debout, ce qui allait devenir

Le désir

l'homme, comme les autres mammifères, se déplaçait à quatre pattes et ne subissait l'appel de la pulsion qu'au moment où la femme était en chasse, c'est-à-dire une fois par mois. Par « subissait », il faut entendre *olfactivement*. L'appel amoureux, aujourd'hui battement de cils destiné à un seul, était alors une odeur offerte à tous.

Jusqu'à ce que l'animal humain, dans la très lente histoire de son évolution, se redresse. Au fur et à mesure que son nez s'éloignait du sol, son sens de l'odorat, peu à peu, perdait de son acuité. Entre-temps, le regard prenait le relais. À l'anosmie succédait la fonction scopique.

Et puisque l'objet du désir ne cessait d'être exposé au regard, l'excitation sexuelle, d'intermittente, devenait permanente. Restent des traces, de vagues *effluves* de langage — ne dit-on pas d'une personne qu'on déteste, *je ne peux pas la sentir*? Dans *Malaise*, Freud est très clair sur la « verticalisation » de l'homme envisagée comme processus inéluctable de la civilisation.

« *La dépréciation des perceptions olfactives conduisit à la prépondérance des perceptions visuelles, à la visibilité des organes génitaux, puis à la continuité*

Le désir et l'amour

de l'excitation sexuelle, à la fondation de la famille et, de la sorte, au seuil de la civilisation humaine. »

Et voilà pourquoi, nul génie, jamais, ne stagna à quatre pattes. Pourquoi aussi, par une simple translation perceptive, sommes-nous passés de l'état de bête au registre moral supérieur, celui où l'on baise moins et où l'on parle davantage ?

> *Parlez-moi d'amour*
> *Redites-moi des choses tendres*
> *Votre beau discours*
> *Mon cœur n'est pas las de l'entendre*
> *Pourvu que toujours*
> *Vous répétiez ce mot suprême*
> *Je vous aime.*

On remarquera que tout ce qu'*elle* demande, cette femme-là, *celle* de la chanson, c'est qu'on lui parle. Qu'on l'aime, soit, peut-être, c'est bien. Mais ce qu'elle veut par-dessus tout, c'est qu'on le lui dise. Qu'on lui *redise des choses tendres*. Des mots. Rien que des mots par le biais desquels elle saura qu'elle peut s'aimer dans l'expression même de cet amour rabâché, « *pourvu que toujours* (condition *sine qua non* de la réciprocité), *il lui répète ce mot suprême, je vous aime* ».

Ainsi s'ouvre l'espace du menteur.

À juste titre : lui seul peut assumer sans broncher cette imposture, *assurer la garantie de l'amour.*

Personne, évidemment, n'a de pouvoir sur l'amour, aussi bien quand il nous foudroie — à la lettre, le coup de foudre — que lorsqu'il nous déserte. *Assurer*, ainsi qu'on le dit d'un contrat régi par la loi. Un *devoir d'aimer* — quelque chose qui pourrait s'apparenter à la morne mécanique du *devoir* conjugal, d'être dû, justement. Et au désêtre qui s'ensuit. Or, l'amour éprouvé est toujours subi.

Nul ne peut le faire naître, le prolonger, l'annuler — depuis quand un possédé aurait-il le pouvoir d'abolir par décret ce qui le possède ?

Le menteur, que son mensonge rend maître du jeu, tire les ficelles. Et rafle la mise.

En récompense de son serment d'éternité — « *je t'aimerai toujours* » —, il recevra l'amour de celle qui se croit garantie par sa parole. Sa parole de menteur.

Mais, à l'infini de la demande, quelle parade mieux ajustée que le mensonge à l'infini ?

Le désir et l'amour

Quant aux *choses tendres*, elles sont l'encens nécessaire de cet objet unique, adulé, l'objet d'amour lui-même. Ce qui tendrait à prouver qu'un auteur de chansons populaires, sans l'avoir cherché, et probablement sans le savoir, comme toutes les choses qu'on sait à son insu, rejoint, au cœur du sens, le discours de Socrate dans Phèdre :

« *Il aime*, révèle-t-il, *mais il ne sait quoi.* [...] *Il ne s'aperçoit pas que dans son amant, comme dans un miroir, c'est lui-même qu'il voit.* »

Autrement dit, à travers l'objet qu'il aime en l'autre, il n'aime que lui : aimer l'autre, est-ce n'aimer que soi ?

> *Frou frou, frou frou*
> *Par son jupon la femme*
> *Frou frou, frou frou*
> *De l'homme séduit l'âme...*

Peut-on imaginer paroles plus bêtes ?

Elles contiennent pourtant une vérité qui se situe dans le droit fil d'un des plus brillants séminaires de Lacan, « La relation d'objet », à propos de la fonction du voile et du mystère de l'*anasyrma*, le geste rituel de la robe relevée :

Le désir

« L'objet peut alors prendre la place du manque, et être aussi comme tel le support de l'amour... »

Quel objet ? Réponse dans *Frou frou* : « *le jupon de la femme* ». C'est-à-dire un simple morceau de tissu enroulé autour d'un corps féminin, et le masquant, pour mieux nous laisser imaginer tout ce qu'il dissimule à l'emplacement précis où *peut-être* (mais peut-être pas, là est la question) se situe *quelque chose*.

Vieille histoire qui se joue à deux.

Devant l'énigme de l'un, l'inconscient de l'autre vacille, doute, comme il est d'usage, lors du surgissement de toute métaphore mettant en jeu la dialectique de la castration. On trouve des choses inouïes dans les classiques, c'est-à-dire ceux qui ont balisé l'aventure de la pensée — mais qui les lit encore ? —, comme s'ils étaient détenteurs, des siècles avant la lettre, d'un *savoir à venir* (par analogie, imaginez le faîte d'un bâtiment qui serait en suspension dans l'espace en attendant que soient conçues les fondations destinées à le soutenir).

L'intuition pure, donc.

Lire dans saint Augustin les six chapitres des *Confessions*, sur le temps et le mouvement,

Le désir et l'amour

l'idée matrice contenant en germe, mille six cents ans avant Einstein, la théorie de la relativité.

L'idée à venir.

De même que trois siècles avant Freud, Descartes, sans le savoir, établit dans son « Traité des passions » les bases non encore inventées de la psychanalyse — je cite, et *je souligne* : « Il est aisé de penser que les étranges aversions de quelques-uns, qui les empêchent de souffrir l'odeur de roses ou la présence d'un chat, ou choses semblables *qui ne viennent que de ce commencement de leur vie*, ils ont été fort offensés par quelques pareils objets, ou bien qu'ils ont compati au sentiment de leur mère qui en a été offensée étant grosse ; car il est certain *qu'il y a du rapport entre tous les mouvements de la mère et ceux de l'enfant qui est dans son ventre*, en sorte que ce qui est contraire à l'un, nuit à l'autre. Et *l'odeur des roses peut avoir causé un grand mal de tête à un enfant lorsqu'il était encore au berceau*, ou bien un chat le peut l'avoir fort épouvanté *sans que personne n'y ait pris garde ni qu'il en ait eu après aucune mémoire bien que l'idée de l'aversion qu'il avait alors pour ces roses ou pour ce chat demeure imprimée en son cerveau jusqu'à la fin de sa vie* ».

Lorsque Pascal, longtemps après Aristote, s'interroge sur l'*essence du moi* et de la nature de ce qu'on aime, il ne fait que définir, en une intuition fulgurante, ce que les analystes appelleront plus tard l'*objet partiel*.

Qu'il nomme, lui, *qualités*.

« Celui qui aime quelqu'un à cause de sa beauté, l'aime-t-il ? Non, car la petite vérole, qui tuera la beauté sans tuer la personne, fera qu'il ne l'aimera plus. [...] Où est donc ce moi qui n'est ni dans le corps ni dans l'âme ? [...] On n'aime donc jamais personne, mais seulement des *qualités*. »

À savoir, la totalité des signes constitutifs d'un sujet, résorbés soudain en un seul trait qui à la fois abolit et représente tous les autres, le *trait unaire*, le signifiant unique déterminant ce sujet-là dans l'ordre symbolique, et la place qu'il y occupe.

Objet partiel. *Bout de sujet.*

L'ennui, c'est que ces *bouts de l'un*, même s'ils venaient à être révélés à l'autre — à supposer qu'on puisse en définir l'origine —, lui resteront à jamais étrangers. Extravagants. *Inconcevables.*

Êtes-vous déjà entré au bras d'une femme dans une salle de bal ? En un instant, ses éventuelles rivales sont repérées. À quoi les a-t-elle reconnues ?

À ce qu'elles ont éclaboussé son regard d'objets partiels communs à son code de fascination personnel : parure, éclat, bijoux, jeunesse...

Agalma.

L'objet brillant qui l'aveugle comme il va de soi, à ses yeux, qu'il éblouisse aussi l'homme qui l'accompagne.

Mais, de cet agalma, cet homme-là s'en fiche.

Imposé par des lois qui lui restent hermétiques, son décryptage est différent.

Voilà pourquoi, dans cette foule où toutes sont là pour être vues, il ne verra que la seule destinée à rester invisible, cette morue au visage lugubre qui fait tapisserie dans sa poignante robe verte à volants. Pourquoi elle ?

Peut-être parce que, parmi toutes, en ce lieu, elle est la seule morue, précisément. Morue absolue. *Bout morue*, signifiant pur qui clignote. Pour lui seul.

« Qu'est-ce qu'il peut bien lui trouver ? »

Le désir

Nul ne pourrait le dire. Lui non plus.

Il ne s'agit que de sa propre histoire, la seule dont l'accès lui reste interdit, l'histoire singulière qui le constitue en tant que sujet, sujet de *son* histoire.

Mais comme les ombres de Platon après avoir bu l'eau du Léthé, il a oublié qu'il l'avait vécue.

De même qu'il ignorera toujours en quoi le mot morue lui impose son destin. Il ne se pose pas la question.

Simplement, c'est ainsi, *cela est.*

La logique de l'inconscient pourrit la logique ordinaire en ce qu'elle détruit la Loi du sujet pour faire de lui le sujet de sa Loi.

Loi autre. Inexplicable, inexpliquée.

Qui le dépasse. Objet partiel, rebut, fétiche, odeur, iris, timbre de voix, beauté, laideur, mot clé : *morue.*

Ou vert, volants, lugubre, signifiants-pivots qui deviendront visage, corps, nom propre. Chatoiement infini des signes et des sens... Le *moi* s'y perd, le *je* s'y élide. Ce n'est pas *j'aime*, mais « *ça aime* ». *Quelque chose en moi aime.* On désaime. Une instance étrangère choisissant à ma place et que nul, jamais, ne pourra ramener

Le désir et l'amour

à une logique de la raison d'amour — elle n'existe que dans le fantasme et dans la Loi.

Une seconde avant, je l'ignorais. Une seconde après, c'est l'amour, plus rien ne compte, je suis pris : tout pour l'autre. Qui s'en fout.

D'où le mot de Lacan, « aimer, c'est offrir ce qu'on n'a pas à quelqu'un qui n'en veut pas ».

Cette phrase encore, qui, d'après lui, serait la seule vraie parole d'amour : « Je te demande de refuser ce que je t'offre, parce que ce n'est pas ça. »

« Ça », c'est l'*objet a* pris pour un sujet.

Mis à sa place.

Élu comme objet d'amour alors qu'il ne s'agit que d'objet du désir. Qui, en aucun cas, n'existe en tant qu'être. Chacun, prenant ainsi l'objet de son désir pour le sujet de son amour, est donc voué, dès le départ, à n'enlacer qu'un vide. Et un leurre, vouloir, de deux, ne faire qu'un. *Deux en un*, rêve un peu niais de ceux qui s'aiment — un peu niais car ça ne marche pas —, c'est le mythe d'Aristophane.

Jadis, la Terre était peuplée de petits êtres sphériques représentant trois catégories d'hu-

Le désir

mains, tous doubles, dotés de quatre bras, d'autant de jambes et d'une seule tête à deux visages, la femelle, issue de la Terre, le mâle, né du Soleil, et l'androgyne, à la fois homme et femme, né de la Lune. Un jour, roulant sur eux-mêmes en tourbillon, ils escaladèrent le ciel pour attaquer les Dieux.

Irrité, Zeus les fendit en deux.

C'est depuis ce temps-là que chacun recherche son double. Les deux moitiés perdues de notre même corps.

Pour les recoller. Ne plus avoir enfin à dire « ma moitié » à cet *autre*, dont nul ne peut être sûr, puisqu'il ne représente qu'un demi de quelqu'un, qu'il soit encore cinquante pour cent de soi-même. Corps fendu qui souffre en deux parties, chacune de son côté, des mêmes mots, *m'aime-t-il, m'aime-t-elle* ?

Il y a un moyen simple de le savoir, inverser la question en son contraire : est-ce que je la hais ?

On aura peut-être relevé que je passe indifféremment du *la* au *le*, articles définis, féminin *ou* masculin. C'est que, homme ou femme sont ici parfaitement interchangeables : dans l'inconscient, il n'y a pas de différence des sexes. Ce qui

Le désir et l'amour

ne nous préserve nullement d'être sexués. Du latin *sectus*, coupé.

Coupé surtout de l'autre.

Qu'on ne peut que haïr, si on l'aime, *puisqu'on l'aime.*

C'est-à-dire, subir l'aliénation de la dépendance sans limites dans laquelle nous plonge l'état amoureux, sa loi fatale, qui ne nous permet d'être qu'en l'autre.

Paradoxale dialectique de l'ambivalence où l'on ne peut mesurer une chose qu'à l'étendue de son contraire.

« La haine, insiste Freud, est renforcée par la régression de l'amour au stade préliminaire sadique, de sorte qu'elle acquiert un caractère érotique et que la continuité d'une relation d'amour est garantie. »

La haine, donc, seule garantie de l'amour — en quoi, inversement, garantir l'amour reviendrait à garantir la haine, l'un et l'autre n'étant qu'un habillage différent du même objet. Un mot commun les lie dans ce qui les oppose, un mot clé du stade oral, un mot d'amants, un mot de mante, « Je voudrais te *manger* ». Une faim de l'autre assez féroce pour vouloir l'absorber morceau après morceau, corps et âme, *se*

Le désir

l'incorporer jusqu'à ce qu'il disparaisse en nous, fasse partie de nous, devienne nous.

Littéralement, le bouffer.

En amour, on finit toujours par bouffer ce qu'on aime. Parce qu'on l'aime, justement. Mais qui aime ? Qui est aimé ? Qui bouffe l'autre ? L'amant ou l'aimé ? Le désirant, que les Grecs appelaient *erastes*, ou *eromenos*, le désiré, l'élu de son désir ?

Voilà, j'en étais là, très exactement, et là s'arrêtait le texte sur cet ultime mot, « *désir* », lorsque *la femme qui lisait par-dessus mon épaule* a eu les larmes aux yeux.

Je me suis vu contraint de parlementer, réfléchir, relire. J'ai donc relu ce que j'avais écrit et reprends le fil maintenant, à cet endroit suspendu où s'ouvre la porte du vide. À savoir, ce lieu sans contenu où rien n'est encore inscrit de ce qui va s'écrire. Qui s'est peut-être perdu en route, si tant est qu'on l'ait jamais pressenti.

Ou qui n'existe pas. Ou qui n'existe plus.

Un peu comme l'objet mouvant du désir, dont on ne feint de croire qu'il est obscur que pour mieux lui garder son attrait de désirable. Ou bien comme l'amour, cette pièce montée

Le désir et l'amour

sculptée par un aveugle afin que son *moi* s'y abolisse dans un délire de chou crémeux. Devenant *autre*, enfin, *autre dans l'autre*, fantasme de son propre fantasme tel qu'en lui-même aucune éternité n'avait réussi à l'inventer. Alors que là, vraiment, c'est fou ce que cette ombre projetée ressemble à ce qu'il aurait voulu être, lisse, parfumé, divin quasiment dans sa décourageante perfection d'image idéale digne enfin de cet amour déposé sur l'autel de son immensité : qu'est-ce qu'un grand amour sinon un signifiant plus grand que les autres ? Fait de langage, encore et toujours, comme tout ce qui palpite en l'homme, et ne l'atteint qu'à travers les mots qui en captent la vibration pour la recoder dans l'ordre symbolique en un ineffable mensonge à soi-même. Il se peut qu'amour et vérité soient antinomiques.

Peut-être... Celui qui, dans le registre amoureux, dirait la vérité sur son désir, comment s'établiraient ses chances de désastre ? S'il ne ment pas à une femme, s'il lui dit qu'il est fou d'*un bout d'elle*, son cul, par exemple, ou n'importe quelle autre partie *gênante* de son corps — qui ne préfère être aimée pour son âme ? —,

Le désir

ou pire, pour peu qu'il ait la moindre prédisposition au fétichisme, l'une de ces disgrâces modulées — cellulite, goitre, coxalgie, strabisme, système pileux anarchique ou amputation pure et simple comme chez la putain de l'avenue de la Grande-Armée —, autant d'objets partiels, ou manquants, d'une haute densité érotique pour *cet* homme, comment *cette* femme, qui en subit l'agression quotidienne comme stigmates et tourment, pourrait-elle supporter ce discours où elle est convoitée pour ce corps qu'elle rejette ?

Alors que son désir à elle, c'est d'être aimée pour quelque chose qu'elle n'a pas — mais qu'elle s'imagine avoir —, et dont l'autre — qui ne sait pas ce qu'elle croit — ignore qu'elle le possède.

Le saurait-il, rien n'atténuerait l'attirance exclusive de ce *défaut*, qui l'a fasciné malgré lui, conquis à son insu, mais dont elle ne soupçonne même pas la puissance d'appel lorsqu'il est corrélatif à l'essence de l'autre.

C'est-à-dire, à son fantasme. *Un signifiant.*

Il va sans dire que ce qui précède se retourne comme un gant, dans les deux sens, pour les deux sexes.

Le désir et l'amour

On aime, donc. Mais l'autre n'est pas l'autre. L'autre est un morceau. Même pas un morceau, mais *le mot qui désigne ce morceau qui représente ce corps supposé incarner un sujet*. Un signifiant, encore.

Le mot *amour*, par exemple, métonymie dans un premier temps d'éléments pulsionnels ou affectifs aussi différents que désir, amour, pulsion. Qui s'ordonnent ensuite dans leur chronologie ordinaire, pulsion, qui enveloppe un objet de désir. Désir, qui détermine un objet. Amour enfin, dès lors que s'opère une surestimation de cet objet de désir paré soudain aux couleurs diaprées d'une image idéale — une image enrobant un fantasme.

Au fur et à mesure que j'écris, je me rends bien compte que tout ce que j'énonce à propos de l'amour semble s'apparenter à un meurtre. Est-ce une excuse de dire que je m'y sens entraîné presque malgré moi ?

Pourtant, je ne crois qu'à l'amour. À son énigme. À ses contrecoups de ravage. À ses effets d'exaltation, d'excès de vie et d'effets de mort, à la lisière de ces deux zones extrêmes de l'existence où l'on se suicide encore d'aimer — l'adolescence, où l'on n'en sait pas assez, la vieillesse, où l'on en sait trop —, trop jeune pour aller plus loin, trop loin pour recommencer à vivre.

C'est peut-être que je n'évoque ici l'amour que dans sa relation au désir. Ce qui en élimine déjà plusieurs facettes. Et annonce, lorsque les deux se présentent en même temps, un probable ratage. Car le sentiment amoureux ne peut s'identifier bien longtemps à l'objet du désir. Tôt ou tard, au gré des aléas, il s'en démarque, s'affaiblit, se décale.

Là intervient la notion de temps, de déroulement du temps. Ce tic funeste propre à ceux qui s'aiment, de vouloir donner une durée à l'intensité — prolonger ce qui se délite. On *organise* donc le désir. C'est ni triste, ni gai, c'est ainsi. La Loi fait son apparition. Les amants se muent en couple. À la passion se substitue l'habitude. À l'habitude, la gestion, la satiété, chacun devenant chose de l'autre en un embrassement sans espace où le reflet de son double, en miroir, ne lui renvoie qu'une image navrée, la sienne.

Quoi faire ? Ce qui se fait. Rien. Attendre.

Certains trichent. D'autres étouffent. Telle est la fonction de l'ordre social, châtrer ceux

Le désir et l'amour

qui s'aiment en les condamnant à faire semblant de s'aimer quand ils ne s'aiment plus.

De les souder à vie par ce qui les sépare, intérêts, familles, lassitude. La solitude à deux. Où chacun isole l'autre. Férocement. Des autres.

Longue glissade où s'abolit le désir. À leurs regards qui ne se croisent plus, un homme et une femme, en tête à tête au restaurant, nous révèlent d'emblée la durée de leur couple. Peut-être aussi, lorsque désir et amour se chevauchent, que la dérive est la structure des choses. Ce qui impliquerait, pour garder l'amour intact, qu'aucune ombre de désir n'en vienne altérer la pureté.

Ou alors, qu'il explose dans l'éblouissement de sa pleine puissance — en quoi il serait aussi beau et exemplaire qu'une légende. Tristan et Yseut, Pétrarque et Laure, Abélard et Héloïse...

Dans tous les grands mythes amoureux, la seule histoire d'amour réussie est la mort. Il est vrai que bien souvent, les amants ont quinze ans quand la mort les sépare. Exception faite de Philémon et Baucis, tous deux demandant à Zeus, au terme d'une longue vie d'amour, de rester unis à jamais.

Vœu exaucé.

Le désir

Philémon devient chêne, Baucis, tilleul.

Ainsi, leurs feuilles pourront bruire à l'unisson pour l'éternité des arbres.

D'entrée, j'avais plaidé coupable. («Je suis l'homme le moins doué pour parler d'amour.»)

Je comprends mieux maintenant la déception de *la femme qui lisait par-dessus mon épaule*.

Là où elle attendait un discours d'amour, elle ne trouvait que la recherche d'un sens, une tentative d'approche de la vérité.

Il y était moins question d'amour que de l'illusion lui servant de socle, le désir.

Dont l'étymologie ne laisse aucun doute sur ce qui en forme le noyau commun, le relais.

Et l'interprétation.

Du latin *desiderare* (*de*, valeur privative, et *sidus*, *sideris*, astre). Autrement dit, on ne désire que d'être privé d'astre. Quoi d'étonnant, pour combler ce manque, qu'on ait cherché à décrocher la Lune ?

Ainsi est né l'amour.

IV
Pulsions

Le désir et la mort

Il y a chez les grands créateurs une connivence énigmatique entre leur création et la mort.

Leur propre mort. Dans ce trajet de vie que bouclent les poètes — peintres, écrivains, musiciens, et les autres, tous ceux qui, pour ne pas hurler, inscrivent leur chagrin sur du vide, un son, une couleur, un mot, qui ont le pouvoir, parfois, de donner un sens à notre vie, et peut-être, au-delà de ce qu'elle est, sa dimension véritable, à savoir, telle qu'on eût rêvé qu'elle fût, telle qu'elle est, donc, dès lors qu'on l'imagine —, l'œuvre à venir est confrontée sans cesse à la ligne du temps, à ce point précis du temps d'où *il se pourrait* qu'elle surgisse. Je parle de l'œuvre dans ce qu'elle a d'unique, de

Le désir

miraculeux, jaillie de son créateur pour lui survivre et se survivre, intacte et neuve au long des siècles qui s'avancent.

Curieusement, chacun d'eux semble avoir sur le temps le pouvoir d'en modeler la durée à son caprice, l'allonger, le suspendre, ou le condenser en un éclair d'éternité — *L'Homme au gant* du Titien, *La Pietà* de Villeneuve-lès-Avignon, *La Joconde*...

En quoi les créateurs sont des poètes. Ils savent tout, même ce qu'ils ignorent. Tout être humain pressent vaguement qu'un jour, peut-être (mais rien n'est moins sûr, les autres, oui, lui, pas), il devra disparaître.

Mais qui donc croit encore à sa propre mort ?

Dans l'inconscient, elle n'existe pas. Aucun signifiant ne l'épingle. On ne peut pas se la représenter. Comme le désir, elle est donc *informulable.* Si nous en parlons, c'est en spectateur effaré d'un événement *accidentel,* dont nous pourrions être surpris qu'il interrompe le cours ordinaire de la vie, âge, maladie, quelque chose d'*extérieur* à notre constitution, d'exogène. N'advenant, au lieu d'être l'aboutissement nécessaire de toute existence, que par un

Le désir et la mort

imprévisible effet de hasard, une espèce de tirage au sort *malencontreux*. Les créateurs, eux, savent très bien qu'ils sont des *êtres pour la mort* — c'est même pour cela qu'ils créent.

Avertis par le mystérieux sablier qui module leur souffle, à leur insu, mais depuis toujours, ils connaissent l'instant du passage.

Ainsi rythment-ils leur vie sur cette échéance, se pressent, ou paressent, ralentissent, attendent.

Puis, le moment venu, ils appellent la mort dans la douceur redoutée d'une ponctuation finale — chacun de nous, pour assumer son destin singulier, n'a qu'une chose à dire, son désir, *mais il ne peut le dire qu'une seule fois.*

Certains ont tout dit à vingt ans. D'autres se traînent. Œuvre achevée. Œuvre à clore. Ou qui n'en finit pas d'être finie. Dans la logique des choses, c'est l'instant où les premiers s'effacent, Mozart, Rimbaud, Shelley, Modigliani, Radiguet... Que pourraient-ils ajouter à ce qui est dit déjà alors que tout chef-d'œuvre, un seul, contient à la fois son créateur et toute sa création, passée, ou en puissance, ou même, celle qu'il porte en lui, la plus secrète de toutes, celle, sous scellés, dont le destin est de ne

Le désir

jamais voir le jour ? On ne peint jamais que le même tableau. Mais *pour qu'il soit*, comme chez Faust, il faut payer. Toute création, pour prix de son surgissement, instille à son créateur, au goutte-à-goutte, la part de mort qu'elle recèle. Pulsion, désir de projeter hors de soi l'excès qui nous habite, il y a de la mort dans toute pulsion, dans tout désir. Tapie au centre des choses, elle est là, toujours, attentive, patiente, prélevant à chaque mouvement du cœur la part vive de vie qu'elle lui dérobe.

Créer, crier, baiser, il y a perte. Éjaculation.

Transfert d'énergie.

Voilà pourquoi la création, et elle seule, dans le jet somptueux de son gaspillage, réalise la fusion des deux pôles qui lui donnent la vie, le désir et la mort.

Le fruit de ce désastre, c'est le Beau.

À la fois finalité suprême, cause et effet, mais aussi, point de jonction du leurre, pour faire écran entre la mort et nous. La fonction du voile était de nous cacher ce qui manque, celle du beau, comme un rideau de théâtre, de nous occulter le néant. C'est à ce point précis que se situe le sens de toute création, donner au vide la forme qui nous en dérobe l'horreur, inscrire,

Le désir et la mort

là où il n'y avait rien, les signes qui l'abolissent. Signes du désir, du désir de vivre, encore et pour toujours — Dieu a-t-il jamais fait autre chose ? Annuler ce que le désir de mort comporte d'injonction sourde en opposant, à la disgrâce d'être mortels, la perfection infinie de la beauté dans son essence éternelle. Il y a pourtant des rendez-vous ratés.

Certains se survivent. Nés pour mourir très vite, avant d'avoir vieilli, vingt ans, trente ans, peu importe, mais en tout cas, *après achèvement* de l'œuvre — ils n'en sont que les médiums, ils n'effectuent leur passage que pour la mettre au monde, gravant ainsi la trace fixée par leur destin —, ils se retrouvent face au vide, abandonnés par cette incandescence qui flamboiera plus tard sur les cimaises, dans les jardins publics, les salles de concert ou les pages d'un livre, traînant leur agonie comme un long bégaiement. Dans sa folie fauve, Vlaminck avait inventé la couleur pure, futaies tricolores, luzernes écarlates, visages arc-en-ciel, et des tubes de feu écrasés sur la toile pour y exploser dans la sauvagerie d'un incendie hâtif.

Jusqu'au jour où, comme épuisé par ce torrent de soleils jaillis de lui, et qui soudain s'éteignent, le géant vacille. Il a trente-cinq ans. Au lieu de mourir, il va produire pendant près d'un demi-siècle des œuvres de nain que s'arrachent les amateurs de postes à essence sur fond de neige sale. Par rapport au désir, on meurt donc deux fois. La première, lorsque l'œuvre est accompli — dormez en paix, créateurs, rien de fâcheux ne vous arrivera avant, ou alors, n'ayez aucun regret, c'est que vous n'aviez pas été élus pour transmettre.

La seconde, quand le désir vous déserte.

Ne plus créer, en art, en amour, en improvisation du temps, ou créer sans l'urgence du feu, comme on respire à petites goulées, sans y penser, seulement pour survivre.

Marge étroite.

Je désire, je meurs. Je ne désire plus, je suis mort.

Voilà, j'arrête. Depuis plusieurs jours, je trébuche sur ces dernières lignes sans qu'un mot ne vienne m'en apporter le relais. J'ai essayé. C'est impossible.

Quelque chose en moi se cabre. Qui tient, bien sûr, à la nature du sujet traité. Mais aussi à l'écriture elle-même, l'exercice de l'écriture dans le déploiement des deux pivots qui la structurent, *qu'est-ce que je veux dire, comment le dire* — seuls les poètes, qui au sens préfèrent la musique, peuvent s'en affranchir. Mais le propre de la poésie étant de ne pas toucher terre, pourquoi auraient-ils besoin de pivots ? J'ai moins de chance en ce moment.

Le sens et la formulation de la phrase, à peine pressentis, se dérobent en un éclair, sans que rien n'en subsiste. Quelque chose s'oppose à ce que j'aille plus loin.

Le trou, soudain, le blocage. La page, devenue glace sans tain, me renvoyant sans doute à ce que je refoule.

Dont il est question ici. La mort.

Et — on l'aura compris —, la mienne.

J'aurais pourtant voulu développer.

Dire. Encore.

Je m'aperçois aussi — mais un peu tard — que dans ces pages, malgré leur titre, il a surtout été question de création et de créateurs. Était-ce la meilleure façon de parler de la mort ? J'en doute. Pour des raisons qui me paraissent maintenant plus claires, peut-être ne pouvais-je faire autrement.

J'aurais dû savoir, dès le départ, qu'il me serait impossible *d'en finir* avec le sujet, *de l'ache-*

Le désir

ver, de le terminer. Par ce qu'on ne nomme pas la mort.
En quoi elle est innommable.
Et que je ne peux en dire plus.

V
Équation

Le désir et l'impossible

J'ai passé ma vie à me gommer.

Comme on efface, d'un coup de gomme, le trait dont le contour formait une image. La mienne. Avec, peut-être, le désir secret de ne laisser qu'une trace, celle d'une absence, une absence de trace, une espèce de creux.

Pas étonnant, je me voulais *invisible*.

Pour des raisons d'enfance : étais-je vu, j'étais foutu.

À l'époque, un enfant n'avait que des devoirs — par opposition à pouvoirs. Être vu équivalait à obéir à un ordre, écoper d'une corvée, subir une contrainte.

Peut-être aussi pressentais-je, sous l'excès de l'affection, la démesure de la demande.

En tout cas, l'amalgame était fait. Toute *visi-*

Le désir

bilité exagérée me semblait inconvenante, comme trop boire, trop dépenser, trop se dissiper, être *trop* vu.

Je sentais que pour avoir la paix, mieux valait se montrer le moins possible. D'où, enfant, ma délectation pour une démarche silencieuse — dite *à l'indienne* —, une approche indétectable, rien qui ne pût attirer l'attention, mettre l'oreille en alerte. L'horreur d'être le centre —je me voulais chat. D'où aussi, sans doute, plus tard, cette rage de m'esquiver, cette phobie de *paraître* liée à la sensation aiguë d'un déplaisir. Quoi que je fisse, je me trouvais toujours trop visible. Il me suffisait d'être aperçu pour que la seconde à vivre me devînt précaire, et que pût être aliénée cette liberté dont quiconque pouvait me déposséder. Pour moi, ne faisaient qu'un la liberté, l'invisible et le temps. Et le temps dans sa dimension absolue, le *quatrième temps du temps*, ce temps que les Grecs modulaient de trois façons, *Kronos*, le temps en général, *Kairos*, l'instant singulier, *Aion*, l'éternité.

Le quatrième, qui les contient tous, était le plus énigmatique, *le temps du désir*. Aussi

Le désir et l'impossible

violent que le temps qui passe, inconcevable que la seconde à venir, aussi vide que l'éternité.

Je n'aimais que l'instant, sa charge de *fatum*, son imprévisible ordonnance, l'instant qui vient à nous pour nous couper le souffle. L'instant de Schliemann, seul à voir ce qu'il vit. Prenant l'*Iliade* à la lettre, il s'était mis à creuser. Là, paraît-il, à l'endroit indiqué par Homère, devait se trouver l'emplacement de Mycènes et de l'ancienne Troie. La galerie souterraine... L'ultime coup de pioche... La paroi qui soudain s'affaisse... Et la vision suprême d'un instant à jamais instantané, les guerriers d'Agamemnon intacts, momifiés, allongés les uns contre les autres dans l'éclat sourd de leurs lourds colliers d'or...

À *cet instant*, l'air extérieur pénètre dans la tombe.

Et *en un instant*, les guerriers se désagrègent.

Éclair unique, éblouissant. À venir, toujours.

N'existant que pour qui le capte. Pour les autres, passé. Non advenu. Poussière.

Comme tout le monde, je m'étais pourtant fixé des trajectoires idéales, des buts à atteindre. Animé par la hâte de me construire

Le désir

un passé, avec mes dents de lait, je voulais déchirer le monde. J'avais lu par hasard une phrase de Freud : « L'homme énergique, c'est celui qui transforme ses rêves en réalité. » C'était un plan superbe.

À un détail près, j'y ai failli.

Le plus bouffon étant le soulagement secret provoqué par ce ratage. Comment ai-je pu me réjouir d'échouer avant même d'avoir appris la seule chose qui mérite d'être sue, *ai-je voulu ce que je désire*?

C'est pourquoi l'inconscient, ce grand stratège, qui, mieux que nous, sait dire *non*, fait rater parfois ce qu'on désire pour mieux nous révéler ce qu'on veut — sans avoir su qu'on le voulait.

Pressentant sans doute ma fragilité face à l'accablement du convenu, redoutant pour ma liberté la chaleur froide du lien social, ses stratégies et ses ukases, il est probable que d'instinct, j'ai fait ce qu'il fallait pour me tenir à l'écart des victoires mortelles.

Rester à côté. Garder son ombre en marge.

N'appartenir pas, dépendre à peine — moi qui dépendais tant. D'un visage, d'une larme,

Le désir et l'impossible

d'un rien — eussé-je appris qu'il avait soif, j'aurais fait le tour du monde pour un brin d'herbe.

J'étais fou d'animaux. Qu'ils miaulent, pépient, aboient, sifflent, jacassent, qu'ils soient nés de l'air, de la terre ou de l'eau, j'avais avec eux cette connivence qui naît de l'absence réciproque de peur.

Mais le danger venait du ciel. Chiffon, un gros chat noir lourd et mou, doux comme une peluche, happé par un faucon au bord de la piscine, giclant soudain dans le bleu de Los Angeles à la vitesse d'un obus. Ou cette colombe à son premier jour, sans plumes encore, la tête dodelinante, mourant dans ma main sous l'œil méfiant du vétérinaire mexicain refusant de la toucher. « Je ne soigne pas les colombes, ça porte malheur. » Et moi, Sunset Boulevard, perché à dix mètres de haut dans la pharaonique carcasse en madriers du cow-boy de Malborough pour récupérer Lili, ma perruche bleue fugueuse.

Ma maison était pleine d'oiseaux.

Ils y volaient en toute liberté sans se cogner aux baies vitrées qui dominaient la ville.

Le désir

Chacun avait un nom. Je les connaissais tous. Un jour, je suis parti. Le goût fade de la trahison dans la bouche, je les ai donnés à un ancien du Vietnam, un colosse noir au sourire triste installé à vie dans une chaise roulante.

Quand j'ai refermé la porte de sa maison, les cris de Lili m'ont vrillé les oreilles, et ce jour-là, je me suis juré de ne plus rien *posséder* qui dépende de moi.

Mais qui donc peut *posséder* un oiseau ?

Je n'étais pas né, c'est évident, pour que les choses m'appartiennent. Je ne les ai pas *possédées* (même le mot, quand je l'écris, me paraît idiot).

J'en ai joui, c'est tout. Peut-être n'étais-je capable de rien d'autre ?

Quand il m'arrivait d'imaginer ma vie — que faire d'autre à quinze ans, l'hiver, après la guerre ? —, je l'envisageais comme un étourdissant parcours jalonné de désirs exaucés dans un flamboiement d'imprévus, d'intensités charnelles, de créations fortes. Je me rêvais passant qui n'arrivait jamais. Je me voulais partout.

J'y étais, j'en revenais, je repartais.

La fin de l'histoire, surtout, m'enchantait :

Le désir et l'impossible

après tant d'incendies, je mourais sur la paille, abandonné de tous, hilare et sans un rond, mais gorgé pour l'éternité de ce destin exquis qui me comblait au point de me faire rire de bonheur à l'instant même de mon trépas.

Quelle vie que ma mort !

Je ne désirais que l'impossible.

Mais chacun le sait, nul n'y est tenu.

Tout comme le désir, qui pourtant ne tient que de lui — il ne tient même qu'à ça, à cet *impossible* qui le fonde.

En quoi le destin du désir *est de rater.* Pour un oui, pour un non. Avant, pendant, après. Il rate aussi bien d'être nommé que de ne pouvoir se dire. Il rate d'être inaccessible. Il rate d'être atteint. Du moment qu'il rate...

Telle est sa fonction.

Et son paradoxe. Surtout, le laisser insatisfait, maintenir son aboutissement à la distance d'un soleil inaccessible, là-bas, au loin, à l'horizon imaginaire où convergent et se brouillent toutes ses lignes de fuite. Car le malaise de ce désir suspendu, à l'infini, est encore moins dévastateur que la proximité de sa réalisation éventuelle où se profile parfois l'ombre de l'*aphanisis,* la *disparition* du désir.

Le désir

Et son corollaire, la perte de jouissance.

Mais telle est la quadrature du désir, elle tient moins à la nature de l'objet désiré — depuis que l'homme y a posé le pied, qui rêve encore de la lune ? — qu'à la structure inconsciente de celui qui désire. À chacun, si telle est sa pente, d'éprouver le bonheur d'être malheureux, ou, si sa vie en souffre, d'en pallier les effets, aussi divers et imprévisibles que l'objet du désir lui-même.

Dès lors qu'il s'agit du désir, rien n'est *normal*, rien ne peut être ramené à une loi générale où les caprices singuliers s'inscriraient sans heurt dans le délire d'un fantasme collectif. Pas davantage quelque chose qui pourrait s'aligner sur un *pattern*, un *modèle idéal de désir* où s'emboîteraient dans un même assouvissement sa cause, son objet et sa réalisation. Certains *peuvent* sans désirer. D'autres désirent *sans pouvoir*. Pas d'égalité face au désir. Pas de justice — la justice du fantasme, idée extravagante. Chacun fait ce qu'il peut, espère ce qu'il veut et prend ce qui lui vient, imposé par des lois qui gouvernent sa vie mais dont le sens lui échappe.

Autant de symptômes que d'individus.

Le désir et l'impossible

Autant d'élans, de pulsions, d'interdits, de ratages et de ruses.

Un obsessionnel rendra son désir *impossible*.

Une hystérique s'arrangera pour le garder *insatisfait*.

Dans les deux cas, l'inconscient tente la même parade, éviter le télescopage d'un fantasme et du réel.

L'échec du désir ne dépend que de ce décalage entre *ce qui a été imaginé* et *ce qui va être*. Au moindre détail imprévu, la mise en scène s'effondre. Pourtant, l'obsessionnel n'en a même pas réglé l'ordonnance.

Elle lui est imposée par une instance étrangère.

Car *le désir, c'est le désir de l'Autre.*

Or, justement, l'obsessionnel ne supporte pas que l'Autre le désire. L'érotisation phallique de son monde imaginaire atteint chez lui une telle intensité que la présence de l'Autre, pourtant objet et centre fantasmatique de son désir, est toujours cause de faillite — sa présence physique, charnelle, son contact, son regard, sa parole, tout est malvenu. D'où la peur liée à son désir, ne pas tenir l'érection

Le désir

jusqu'à son aboutissement, savoir que l'acte peut être trop bref, ou trop long, ou échouer par l'anticipation d'une possible défaillance. Il lui suffit de buter sur un réel — autrement dit, un *impossible* (autre façon de dire le réel) — pour que son désir, toujours, en fasse les frais. Son désir — *le désir de désirer* — ne se soutient que de sa turgescence.

Si elle s'évanouit, si l'obsessionnel *se dégonfle* — à lire dans son sens littéral, comme on pourrait le dire d'une baudruche, ou d'un pénis, en l'occurrence, le sien —, adieu désir ! En fait, il ne désire qu'aussi longtemps qu'il bande.

Dès qu'il ne bande plus, à cet instant précis, *son désir devient impossible*.

À l'inverse, c'est peut-être d'être *trop gonflée* que l'hystérique, bloquée dans l'impasse qui la conditionne, arrivera à ses fins, *garder son désir insatisfait*.

On connaît l'éblouissant raccourci de Lacan :

« Une hystérique, c'est une esclave qui cherche un maître pour le dominer. »

Or, à supposer qu'elle y parvienne, par une espèce d'ironie qui tient à la structure même

Le désir et l'impossible

du langage, l'objet de son désir, changeant alors de nom, va également changer de nature : le Maître n'est plus Maître. Ce n'est donc plus un Maître qu'elle va dominer, mais un *Maître déchu* — de s'être laissé dominer, précisément. Ainsi, dans ce tour de passe-passe dialectique — l'esclave devient maître du Maître, et le Maître, esclave de l'esclave —, l'objet du désir s'élide de lui-même à ce point de paradoxe où, *de se réaliser*, simultanément, *il est rendu irréalisable*.

Et où, d'échouer, il atteint son but véritable, manquer sa cible. Comme la rate toute demande, insatisfaite *toujours* dans ce qu'elle obtient par rapport à ce qu'elle exige. Fait de logique, fait de logos, fait de langage. *La demande porte sur un objet* — l'analyste, le Père, l'homme à séduire, etc. —, *le désir, sur un manque*.

Mais les autres, les « *normaux* » — ceux, en tout cas, qui se targuent de l'être ? Passer régulièrement à côté de leur désir fait-il d'eux pour autant des obsessionnels ou des hystériques ? « Il n'y a pas de poison dans la nature, écrivait saint Augustin, tout est une question de

Le désir

quantité. » Ou de degré. Comme dans la névrose.

Qui donc pourrait prétendre en être préservé ?

Qui donc pourrait se prévaloir d'être *normal* ?

Par rapport à quoi ? Cliniquement, la frontière est fragile, indécise, indicible presque. Socialement, question tranchée ; tout pion qui remplit son office dans sa case est considéré comme *normal*. Est *normal* celui qui ne trouble pas l'ordre public, ne se fait remarquer en rien, aligne son comportement sur celui du plus grand nombre. Normal, celui qui ne hurle pas dans la rue parce qu'il trouve la vie injuste, que la femme qu'il aime vient de le quitter ou simplement qu'il a du mal à survivre à l'écrasante marée des désarrois du monde. *Normal* : aucun signe de désordre apparent. Un bourreau est tout à fait normal. Ou un assassin. Ou un voisin de palier sadique. Ou celui qui, avec un sourire, vous envoie à la mort d'un coup de tampon administratif.

Et les autres, tous ceux qui, en nombre immense — telle est la névrose dite *de desti-*

Le désir et l'impossible

née —, rapetissent leur vie dans le bégaiement de tics minuscules où s'atrophient leurs ailes. Avec les mêmes phrases à vous serrer le cœur. « J'ai pas de chance. » « Le destin me poursuit. » « J'ai pourtant tout fait pour l'éviter. » Paysage de signifiants figés où le désir, jamais, n'est pris en compte.

Rien de tel chez l'hystérique. Son chant de victoire serait plutôt : « Je l'ai voulu, je l'ai eu. »

À quoi elle pourrait ajouter : « Mais je n'en veux plus. »

Prise dans un inextricable *corps à corps* avec les signifiants, qui, à son insu, la dirigent *corps et âme*, elle ne peut que faire échouer son désir où s'inscrit, presque toujours, en filigrane, le poinçon de l'inceste.

Il s'agit donc pour annuler cette menace de le rendre irréalisable en le plaçant, en quelque sorte, sous la protection de l'interdit. Avec tout homme qui croise son chemin, elle devra en recréer la frappe.

Circuit en boucle invariable à l'infini, approcher, conquérir, et, sur les confins de son désir, dès lors qu'elle sent qu'il est *réalisable*, renoncer.

Le désir

Et recommencer. Encore.

Car nul objet n'éradique le désir.

Mais tout désir, captant son objet, tue l'objet qui était la cause du désir. Sa visée. L'assouvissement du désir est donc le meurtre de l'objet.

Que reste-t-il à l'hystérique ? L'hystérie.

Revendiquer, s'offrir, se dérober, châtrer.

En jouir. Accuser, rester, partir. Gémir, détruire.

Jeter son dévolu sur un objet neuf.

C'est ainsi que l'objet, cause du désir, même s'il change de nom, ou d'apparence, ne cesse pas de mourir.

Mais aussi que de cette mort, le désir ne cesse jamais de renaître. Jeune éternellement.

Alors qu'autour le reste vieillit — car tout vieillit.

Sauf le désir. Et l'impossible.

L'un en l'autre. Liés par cette faille originelle propre au désir, ce creux du désir qui fait que rien, jamais, n'en comble la béance parce que le désir n'est jamais là où la demande l'assigne.

Mais au-delà de toute demande, **dans la**

Le désir et l'impossible

dimension fantasmatique qui est sa marque, impalpable, hors de portée, *l'au-delà du désir*.

Là où danse cette ombre que projettent les ombres.

L'ombre de l'impossible.

VI
Vibrations

Le désir et le sexe

Quand on fait l'amour à deux, on est trois.
Soi. L'autre. Et le fantasme.
Quatre, en fait : après tout, pourquoi chacun n'aurait-il pas le sien ? Le voici, porté par leur souffle sur les lèvres des amants comme un génie complice attisant ou éteignant le désir. Tel est le premier secret, dérisoire et farouche, que chacun, à son insu, partage avec tous les autres dans la spirale des affaires du sexe : on était deux pour n'en faire qu'un, nous voilà quatre.

Ou dix, ou cent, la porte est ouverte, s'invite qui veut.

Autre effet inversé en son contraire : cette fois, on est dix, mais on n'est qu'un pourtant,

Le désir

parce qu'on n'en a qu'un en tête. L'autre, celui à qui l'on pense.

C'est tout ? Presque.

Mais c'est capital : *le sexuel n'est pas de l'organique*. Il n'est fait que de mots. De poèmes, de cris. Même s'ils sont muets, ils nous renvoient des mots. Ou des images, qui nous ramènent aux mots ou que les mots font naître.

Chez l'animal humain, l'acte sexuel semble indissolublement lié à l'*incantation*. Il n'y peut rien, *il parle* — vieille histoire, ce Verbe, au début, là, déjà.

Dans la grande logorrhée du désir, le discours truffe le sexuel qui ne se soutient lui-même que du discours.

Le second secret concerne la nature même du fantasme : *on ne baise jamais qu'avec un bout de l'autre.*

Un bout d'elle ou de lui, qui nous chavire, n'importe qui, son nom, sa voix, sa peau, un défaut, un parfum, en un mot, cet *objet partiel* qui n'agit que sur un seul, mais renferme à ses yeux la totalité de l'autre — comme un fétiche contient Dieu. Telle est l'essence du fantasme, un signifiant engendrant des fantômes.

Quant au reste de la création — dont nous

Le désir et le sexe

différons radicalement par notre spécificité d'*êtres parlants* — elle se borne à se reproduire, à *copuler*, selon les cycles immuables de la Lune, des marées, des saisons, autant de rythmes naturels soumettant l'ordre de la pulsion au service de la reproduction de l'espèce : *l'ordre organique.*

L'ordre du chien. Du merlan. De la pintade.

L'homme, lui, baise en toutes saisons.

Mais à la différence du chien, quand il ne baise pas, il y pense. Avec quoi ? Des mots. En quoi sexe, langage, désir, sont depuis toujours, et à jamais, voués l'un à l'autre. On pourrait même dire que tout ce qui est relatif à la langue, à chacune de ses figures aussi bien qu'à sa palpitation interne — un champ d'algues marines esclaves des courants — correspond une *posture* de l'amour où euphémismes, étrangéifications, fricatives, asémies, kakenphatons, cryptophasies, iotacismes, sonantes, commutations, et toute autre variation qui en désigne le fonctionnement subtil, se déploient, se tordent et s'accouplent comme autant d'ombres charnelles issues des poses du Kama Soutra.

De telle sorte que, à la façon dont s'enlace la lettre, lire une phrase dans le chevauchement tumultueux de ses caractères est comme un viol de l'œil par un acte de chair. Car les mots font l'amour.

« *A noir, E blanc, I rouge, U vert, O bleu : voyelles...* »

Phrases écarlates, liaisons, ruptures, locutions frissonnantes, suffixes énamourés, syllabes en extase, désinences pâmées, les mots, sans cesse, pour peu qu'on sache lire, chavirent, jouissent et basculent dans l'au-delà des mots, là où les mots sont ivres.

C'est même pour cela que nous sommes pervers.

Tous. De naissance, pour ainsi dire.

À cause du langage. Car la perversion, comme la mort, la jouissance, et, peut-être, la cruauté, n'est qu'un effet de signifiants. Son instant inaugural n'est pas un mystère. Sa définition non plus : on entre dans la perversion du *jour où l'on prend la tétine pour le téton.*

Le désir se soutient alors d'un objet idéal qui le leurre, *la tétine*, dans un tour de passe-passe où le substitut occupe la place de l'objet réel du désir, *le téton*.

En linguistique, rien d'autre qu'une banale

Le désir et le sexe

métaphore, un glissement de sens sur un glissement de sons entraînant un glissement d'objet.

Mais dans le réel, une *arnaque* qui va nous graver le leurre dans la peau et nous faire prendre, à vie, un objet pour un autre, des vessies pour des lanternes, un bout de caoutchouc pour le sein maternel gonflé de lait.

Ainsi, d'entrée de jeu, la sexualité de l'homme est-elle faussée dans sa trajectoire, déviée de son objet réel vers l'objet d'une illusion et, en ce qu'elle y est totalement soumise, *pervertie* par l'équivoque de la langue, ses miroitements, son ambiguïté, l'évanescence de ses sens.

Au gré de ses tropes et de ses chausse-trappes, elle en subit les mêmes distorsions, dérapages, condensation — synecdoques, métaphores, métonymies —, qui l'égarent dans l'équivoque des sens qu'elle véhicule — « sens », à prendre comme on le voudra, *sensuel*, ou *sens des choses*, à supposer qu'elles en aient un : on couche avec quelqu'un, on pense à quelqu'un d'autre. On ne dort pas avec celle qu'on aime. On aime celui-là, qu'on ne désire plus. On bande pour une autre, qu'on n'aime pas du tout.

Le désir

Quand deux paroles s'entre-tuent, *où est le sens* ?

Entre le désir et la Loi, où est la chance ?

Céder sur son désir, étouffer la pulsion, faire une croix sur ses couilles au nom d'une morale, ou prendre le risque de jouir, mais jouir hors la loi, du côté de la mort ?

Ou faire comme la plupart, semblant.

Baiser *légal*, sauver les apparences, mono de corps, férocement, même si l'on feint d'ignorer la cohorte des personnages fantasmatiques, indésirables à force d'être trop désirés, qui se sont glissés dans le lit où se joue la scène de l'imaginaire. Ils sont là, pourtant, *là où ça se passe*, remettant en question des notions aussi ambiguës que le plaisir, le désêtre, *la fidélité*. Lorsqu'on sait que le fantasme est roi et qu'il nous entraîne, malgré nous, où il veut, c'est quoi, la fidélité ? Le corps, le cœur, le désir, la parole ? L'obligation de sacrifier l'Autre, tous les autres, sur l'autel de l'Un ? Lequel ? En vertu de quel fantasme ?

Ou bien de *renoncer à ce Un* pour, peut-être, s'ouvrir à d'autres, d'autres parmi les autres ?

À chacun sa réponse. À chacun ses victoires.

Ses certitudes. Ses remords.

La plupart se résignent à subir l'ordre des choses, l'ordre des jours, l'ordre de l'ordre, en attendant la mort.

En *paix*, si j'ose dire — la paix, c'est lorsqu'on ne désire plus grand-chose, par opposition à l'angoisse, le prix à payer pour rester désirants. Mais il est si lourd qu'on préfère subir l'ordre aveugle du monde.

Même Freud a des doutes — peut-être des regrets ?

« Je suis partisan, écrit-il à James Putnam dans une lettre datée du 8 juillet 1915, d'une vie sexuelle beaucoup plus libre, même si, en ce qui me concerne, je m'en suis très peu servi. Encore fallait-il que je fusse convaincu de ce que j'avais le droit de faire. »

Mais au cas où un seul l'ait choisie, cette liberté — malgré les dégâts et autres menaces qui en découlent —, comment le pèserait-il, ce droit, face à la sauvagerie de la pulsion qui ne tend que vers ce but ultime, son assouvissement ?

Plus haut, j'ai écrit le mot *couilles*.

Pas par hasard. Aucun euphémisme, à cette place, n'eût restitué ce que la crudité agressive du mot pouvait faire passer, à savoir, la bruta-

Le désir

lité aveugle de la pulsion, sa *trivialité* — par opposition au désir, déjà plus policé, un ange presque.

C'est un fait, dès lors qu'il est question d'exprimer le sexuel, la langue, souvent, s'y dérobe. La langue *noble*, dans ce qu'elle a de convenu, de *châtié* — superbe définition, « punir sévèrement », comme si la langue était *punie* d'effleurer certains sujets avec les mots clés qui en favoriseraient l'accès (comment dit-on *histoire de fesses*, en langue *noble* ?).

Tel est le lieu du refoulement : *là où ça châtie, ça refoule.*

Là où ça racle, ça accroche. Là où ça choque. Où ça blesse. Peut-être parce que, lorsqu'il s'agit de sexe, et plus précisément, de la *mécanique* de l'acte sexuel, chacun se sent concerné, débusqué, jugé, mis en cause dans son *savoir* (comme s'il y avait un savoir de la jouissance...) — de quelle façon il s'y prend, l'autre, mieux que moi, moins bien, autrement ?

Chacun cherche à s'inscrire dans une *norme* où le fantasme n'aurait pas cours, où l'acte sexuel serait *purifié* de la dimension perverse qui le structure. Et le marque.

Depuis Adam et Ève, c'est foutu — le serpent, la pomme, l'éviction du paradis, etc. Ils ne demandaient pourtant rien d'extraordinaire, Adam et Ève, ils voulaient juste tirer un bon coup sans penser à mal — à l'époque, et au paradis, le mal n'était même pas inventé.

Mais voilà, la formidable malédiction qui pèse sur le sexe était déjà à l'œuvre. De Freud, encore :

« Je crois que quelque chose de la nature même de la pulsion sexuelle n'est pas favorable à la réalisation de la pleine satisfaction. »

Que dire alors de la même pulsion appliquée à l'exercice des affaires humaines lorsqu'on sait que le destin de centaines de millions d'individus peut être ébranlé pour une *fellatio* administrée à leur président par une gourde bavarde ?

Même si l'affaire, dans ses *effets*, pue le montage politique, il n'en reste pas moins que sa *cause* — c'est-à-dire ce qui lui a permis d'être, de se développer avec cette allégresse de métastase — appartient au registre tabou du sexe, pis, du *sexe hors la loi*.

Partout fleurissent le parjure, la trahison, l'injustice et le meurtre, en fait-on pour autant des affaires d'État ?

La véritable affaire d'État, c'est une affaire de cul.

Le désir

C'est-à-dire l'extension fantasmatique collective du caprice d'un seul auquel, à travers son propre manque, son propre refoulement, son propre doute, s'identifie le citoyen ordinaire.

Où est la faille ? Dans le désir lui-même. Le désir interdit par tout ce qui cherche à en amortir le scandale, institutions, culture, religion. Canalisé par les lois morales, orienté vers l'ambition sociale, sublimé dans la poursuite des honneurs, des positions sociales.

On comprendra que ce qui du désir se réprouve, c'est *sa liberté*. Sa puissance subversive, irrationnelle, que rien ne peut soumettre à une exigence logique, sinon la logique de l'inconscient. Celle qui, précisément, nous reste interdite. On feindra donc d'en éliminer les effets en espérant qu'un décret en annulera les causes, « à partir du 8 mars, il sera interdit de rêver ou d'être en érection ».

Idée crétine.

Pourtant, dans le foisonnant vocabulaire de l'acte sexuel, c'est bel et bien de la puritaine Amérique que nous vient l'expression *having sex*.

Ou *oral sex*, *anal sex* — j'en passe —, autant de façons de le désigner tout en isolant les différentes facettes (un peu comme une pluie légère de *bouts d'amour*) qui en constituent l'aboutissement.

Having sex ne signifie pas du tout *faire l'amour.*

Il s'agit, au contraire, entre sexe et amour, de mieux en désigner ce qui les sépare.

En amour, on est deux, on fait toujours l'amour *avec* quelqu'un, au pire, *à* quelqu'un d'autre — c'est une *relation.*

Et même si, selon le mot de Lacan, *il n'y a pas de rapport sexuel*, ce rapport-là, à défaut d'amour, est malgré tout un *rapport à l'Autre*. L'Autre, en tant qu'objet, objet de la pulsion peut-être, mais sujet déjà, d'être nommé.

Ainsi passe-t-on de l'organique au symbolique, de la pulsion au désir. Du trou au langage, c'est-à-dire, à un rêve de trou. Dans *having sex*, le trou de qui ?

De personne.

Simplement, un trou qui remplit sa fonction de trou dans la mécanique glacée du sexe pour le sexe.

Pas étonnant que l'amour en prenne un coup.

Depuis le temps qu'on le maltraite, faut-il

Le désir

qu'il ait les reins solides, *l'amour*. Mais, comme on lui a trop fait dire ce qu'on voulait, comment s'étonner qu'il nous renvoie, en retour, quelque chose qui se dérobe ?

Roulis, mensonge, incertitudes.

Chacun s'accroche comme il peut.

D'autres paniquent. Louvoient. Improvisent.

Ou même, tel Salomon, tranchent.

J'en ai connu une, *la femme du marin*.

Du temps que je croyais ma vie destinée à la peinture, j'avais un atelier près du musée Gustave-Moreau, du côté de Pigalle. Là, au cœur du frelaté, des putes de bazar et des durs de néon, s'épanouissaient, sitôt la colossale porte de bois franchie, des jardins mystérieux peuplés de fleurs, de silence et d'oiseaux dont nul, de la rue, n'aurait pu soupçonner l'existence. Je l'avais loué à un jeune officier de marine. Sa femme, je crois, était enseignante. Le marin restait en mer pendant de longues semaines, parfois des mois entiers. À cause de son travail, la femme du marin ne s'absentait jamais de Paris.

Ils s'aimaient.

Ce qui n'empêchait pas la femme du marin

Le désir et le sexe

de se poser des questions. Au cours des traversées, les escales étaient nombreuses.

Comment éviter d'être *trompée* ?

Cocteau l'avait inspirée : « Ces mystères nous dépassent, feignons d'en être les organisateurs. »

Les pulsions d'un marin en bordée étant irrépressibles, pourquoi ne pas en contrôler le débit en organisant elle-même, à distance, l'apaisement sexuel de son mari ?

Peut-être son côté maîtresse d'école — en tout cas, selon la durée de son absence, elle lui donnait un certain nombre de *bons* correspondant chacun à un coup à tirer.

Dix bons, dix filles, à Naples, Dakar, Rio, Lisbonne, Banana. En moyenne, deux bons par escale de huit jours. Pas exactement un visa pour le nirvâna, mais, compte tenu des impératifs de la pulsion, un secours efficace contre la langueur des traversées qui n'en finissent pas. Ainsi, à sa façon lucide (ou pratique, réaliste, résignée, quatre aspects d'une seule idée protéiforme) de tenir compte de l'organique tout en le remettant à sa vraie place, *la femme du marin* avait-elle constitué un pacte où nul n'était lésé, lui, dans les exigences de son corps,

Le désir

elle, dans la confiance en la parole donnée. Et respectée.

— Vous n'êtes donc pas jalouse ?
— Jalouse de quoi ? Peut-on faire une déclaration d'amour à un trou ?

On ne baise pas une épouse comme une maîtresse.

Une inconnue comme une relation ancienne.

Une femme interdite comme une femme libre.

Une reine comme une pute. C'est que, dans la pratique du sexe, ces gammes, qui impliquent un acte et son fantasme, sont assujetties, à notre insu, aux modulations de la langue, c'est-à-dire aux modalités d'un discours d'où émerge l'idée qu'on se fait de l'autre.

De son désir.

Qui, par effet de miroir, confère au nôtre intensité, assoupissement, exaspération.

Ou, par rapport à une situation singulière, unique sans doute, son embrasement absolu.

Voici l'histoire, telle que je la tiens de celui qui l'a vécue. Elle se passe en Chine, à Pékin, au moment de l'arrivée de Mao au pouvoir. Révolution culturelle, gardes rouges. Tous les

Le désir et le sexe

étrangers parqués depuis un mois dans l'enceinte d'un palace obsolète, l'Hôtel de l'Amitié.

Interdit d'en sortir. Couloirs surveillés. Hall interdit.

Sexe interdit. Défense de se rendre d'une chambre à l'autre — journaliste, j'avais déjà moi-même été pris dans une absurdité analogue, à Moscou, Hôtel Métropol, à l'apogée de la guerre froide, je savais donc de quel infini de la bêtise il me parlait.

« *Un soir, j'ai vu débarquer dans ma chambre un couple de Chinois. Comment étaient-ils entrés, je l'ignore. Ils ne brillaient guère, mais chacun ne pensait qu'à survivre. Ils m'ont dit qu'ils pouvaient m'amener sans danger une fille disposée à se prostituer. Est-ce que j'étais d'accord ? J'étais privé de femmes depuis des mois. Je me serais damné pour en avoir une.* Une, n'importe laquelle, n'importe comment, à n'importe quel prix, vieille, moche, je m'en foutais, une femme, simplement une femme ou quelque chose qui y ressemble. En même temps, je me méfiais. Les provocateurs écumaient la ville. Et si c'était un piège ? Mais mon désir était si intense que dans l'état où j'étais, plus rien ne comptait, j'aurais pu faire l'amour en public sur un champ de bataille.*

Pour leur « service », ils me demandaient une somme énorme. Avant de payer, j'ai fait semblant d'exiger de voir la femme. Ils sont ressortis. Un instant plus tard, ils grattaient à la porte et poussaient devant eux une petite fille de douze ans qu'ils avaient maquillée : leur propre fille. J'étais glacé, épouvanté. Et en même temps... Ces yeux baissés, soumis, l'horrible sourire encourageant des parents maquereaux, j'avais honte, et honte d'avoir honte, parce que j'étais troublé... Et détruit de l'être. Vous comprenez ?... De toute façon, dans cette situation, quoi que je fasse, que je refuse ou que j'accepte, j'étais mort. On fusillait les gens dans la rue. Pour rien... »

Si je rapporte ce récit, c'est que s'y trouvent conjugués dans le même temps, celui de l'urgence (du désir, donc), des éléments aussi cruciaux que l'interdit, le sexe et la mort. Et, naissant de leur conjonction, un élément inattendu, violent, énigmatique, incontrôlable, quelque chose d'infiniment puissant, quelque chose du côté de la mort, la *jouissance*.

Imaginer un employé terne, frileux, qui, assistant par hasard pour la première fois de sa vie à une corrida, sur une impulsion, saute soudain dans l'arène, s'empare d'une cape et fait face au taureau : *tel est le lieu de la jouissance.*

Le désir et le sexe

Le temps de cette chute. Dans l'arène ou dans un trou. *Un trou de la pensée.* Un instant sans langage.

Dans lequel on s'abîme. *Pour jouir.*

On jouit quand le langage laisse la place au corps pour qu'il parle à sa place. *On jouit là où l'on ne pense pas.*

À la fois en soi, et hors de soi, dans un paradigme où s'énonceraient *dépassement, excès, trop, vibration limite, tension maximale, épouvante, interdit* : les mots de la jouissance. Son vocabulaire. À peu de chose près, les mêmes utilisés par l'homme de Pékin : « *glacé... épouvanté... horrible... honte... troublé... détruit... mort...* »

Qui n'avait pas baisé, comme on s'en doute.

Mais qui avait joui — sans s'en douter.

Ce qui prouve qu'on peut jouir sans baiser, même s'il est possible de jouir en baisant (après tout, puisque tant l'affirment, pourquoi pas ?). La jouissance n'est donc pas fatalement une histoire de sexe, une jouissance phallique.

Elle serait plutôt contenue dans ce qui nous échappe. Les grands mystiques le savent bien. Ils ont eu beau vivre dans l'abstinence absolue, ils en connaissent pourtant un sacré rayon sur l'extase.

Le désir

Certes, pas davantage que saint Jean de la Croix, ils ne sauraient expliquer *en quoi elle consiste*, mais *ils la ressentent, ils nagent dedans*.

Il suffit que sainte Thérèse d'Avila pense à la mitre du pape pour qu'elle *entre en transe*.

En fait, il n'est que de relire ses écrits pour voir qu'elle ne cesse jamais d'y penser.

Donc, de jouir.

Mais dans une autre dimension, une dimension éthérée du désir, abstraite presque, le *désir de Dieu*.

Nous voici loin du sexe.

Et là est le paradoxe.

Car dans ces glissements du désir, vient de surgir soudain un *joker* imprévisible, le *chaînon manquant*.

Qui, les arrimant l'un à l'autre, bouclerait la boucle.

Et servirait de lien entre le sexe et Dieu.

L'amour.

VII
Dimension

Le désir et la destinée

Cassé trois fois, de naître, de parler, de mourir. Autant de points cardinaux jalonnant le champ du désir de toute existence humaine. On naît d'un désir, on meurt d'un désir, on ne parle que parce qu'on désire.

Au cours de la traversée, en zébrures brèves, bouts de vie, bribes, sons, fragments de mort, passions, trois notes de musique, masques, visages, éclairs, arabesques, regrets. Dans l'après-coup, une vie dira-t-on. Un *destin*.

Dont on prétend volontiers qu'il est écrit d'avance.

Mais s'il l'est réellement, encore a-t-il fallu, pour qu'il le fût, qu'un autre, déjà, l'*ait dit*, en ait établi les modalités, prononcé le déroulement — difficile d'imaginer une écriture se

Le désir

déployant du seul élan de ses entrelacs sans la parole qui l'a fait naître.

Dit par qui ? *Dieu*, le *Destin*, c'est selon qui parle.

Mais, en dehors de quelques grands cataclysmes collectifs, rien n'indique que le destin soit provoqué par un accident *extérieur* qui en tracerait la courbe.

Il n'est pas exogène, mais *endogène*. Venant de nous, contenu en nous : *il est ce que le désir nous impose.*

Et *ce qu'on fait de ce désir.*

Or, pas davantage qu'il nous appartient, il ne dépend de notre volonté. Dès lors, qui donc pourrait s'imaginer qu'il en est maître ? À moins que le destin soit ce qui nous échappe, c'est-à-dire qu'il soit contenu dans ce que nous ratons, chacun de nous, dans l'histoire singulière qui le détermine comme sujet — ce qu'on dit de lui, ce qu'on en capte —, n'ayant pour vrai destin que ce désir qui n'aboutit jamais, *ce destin du désir qui rate.*

En quoi, même à l'instant de son souffle ultime, nul ne peut savoir clairement si ce qu'il a vécu, heurs ou malheurs, a été subi, insufflé par quelqu'un d'autre — oracle réalisé, *destin écrit* —, ou choisi par lui-même, *destin à écrire*, selon les aléas d'un parcours terrestre sinueux, imprévisible, par conséquent, *modifiable*.

Comme on dit, Dieu reconnaîtra les siens.

Ou *les Dieux*... Qu'ils existent ou non, qu'on y croie ou pas, il serait fou d'ignorer qu'ils ont leur mot à dire sur les pseudo-hasards qui gouvernent les affaires humaines.

La parole des Dieux, la puissance des signifiants, la trace qu'ils laissent dans l'inconscient, la charge d'énergie vive et de malentendus qu'ils véhiculent.

J'avais vingt ans lorsqu'on me tira les cartes. La fin de la *consultation* me laissa perplexe. Après que je l'eus payée pour m'avoir révélé les splendeurs de ma vie future, la pythonisse, me poussant vers la sortie, prononça cette phrase sidérante : « Revenez me voir un de ces jours, j'aimerais savoir ce que vous devenez. »

Le dévoilement de la destinée n'a jamais été une mince affaire. À savoir, à propos de l'énigme à vivre et de la chose à venir, *la chose à dire*. Plus exactement, à *prédire*, dans ces limbes où brillent les signifiants de la destinée comme autant de métonymies du désir, *amour, fortune, santé*, l'implacable trilogie des chapi-

Le désir

teaux de fêtes foraines. Un mot change tout, les mots, à chaque instant, créent et défont le monde.

À tous les niveaux du langage, le destin n'arrête pas de se dire. Autrement dit, d'être *prédit*.

Partant, de *s'accomplir*, mettant ainsi au jour ce qui, du désir, ne se dévoile qu'à travers la courbe de la destinée.

Car la parole est porteuse d'effets.

Vivifiante ou mortifère, c'est elle, et elle seule, qui fait advenir les choses dont on dira plus tard *qu'elles étaient écrites*. Écrites, certes. Mais *par nous*, de les avoir dites, ou imaginées. Soit à notre insu — toute parole trouve toujours *une* cible, et la touche, et la fait vaciller —, soit en connaissance de cause, lorsqu'on veut convaincre — se méfier de ce mot, qui contient à la fois *con*, et *vaincre* —, ou qu'on ment, pour créer une mise en scène différente.

Je dirigeais alors un magazine *féminin*.

Forçant sur les mancies, j'avais truffé chaque numéro de *techniques* divinatoires et de cartes du ciel, le ciel, vous savez, cette *nursery galactique* où se décode le bestiaire qui nous sert d'identité astrale.

Le désir et la destinée

On aurait tort de sourire des astres.

D'abord, ils contiennent la clé de nos songes.

Mais surtout, parce que *les lois du ciel ne sont rien d'autre que les lois du désir*. Entre l'homme et le ciel, le va-et-vient date du jour où l'homme, pour se consoler d'être mortel, a commencé à s'inventer des histoires et à les confier aux nuages. Ainsi, l'homme projette son désir sur le ciel qui, en écho, lui renvoie ce qu'il voulait entendre.

Autrement dit, ce qu'il désire.

J'eus envie de voir à quoi ressemblait le *devin salarié* qui en détenait les arcanes. Il arriva dans mon bureau — étrangement, il avait le visage de tout le monde.

— Pourquoi, lui demandai-je sur un ton glacé, ceux de mon signe sont-ils systématiquement maltraités dans votre horoscope ? Avez-vous quelque chose de *personnel* contre moi ?

À partir de cet instant, les natifs du printemps furent gratifiés d'un ciel éternellement limpide dont je priai son organisateur d'étendre les bienfaits à l'ensemble du zodiaque : dès lors, tous signes confondus, les nouvelles devinrent magiques pour tous.

Est-il interdit de penser que ces éblouissantes

Le désir

promesses de bonheur n'aient eu quelque influence heureuse sur celles qui en espéraient l'illusion ? Ou n'en aient incité d'autres, timorées, jusque-là, écrasées peut-être, à franchir un pas, oser un acte ?

Nantie d'une parole qui cautionne sa réussite, la destinée, souvent, rattrape le désir.

Nice. C'est la guerre. Dans la rue, en robe bariolée, une diseuse de bonne aventure prend de force la main d'un passant. Elle le dévisage, blêmit.

— Tu as la mort sur toi, *la mort immédiate*. Mais pourtant, *il ne peut rien t'arriver*.

Le passant s'éloigne. Cousue dans la doublure de sa veste, il a la liste des trente membres de son réseau.

Le voici au pied de l'escalier monumental du palais de justice. Coup de frein. Deux hommes sautent d'une voiture revolver au poing. « Suivez-nous. »

Quelque chose *intervient* alors, d'extravagant.

Malgré les armes braquées sur son cœur, à bout portant, et la panique qui le pétrifie — s'il est arrêté, ses camarades et lui-même mourront sous la torture —, le passant se dégage, frappe

Le désir et la destinée

ses agresseurs, bondit sur les marches et s'envole en zigzags fous sous une giclée de balles qui ne l'atteignent pas. Lorsque des décennies plus tard, l'ex-jeune avocat me racontera son histoire — pourquoi ne pas dire son nom, Paul Augier, propriétaire du Négresco —, il ne comprend toujours pas de quel lieu ignoré de lui-même il a pu tirer ce courage et cette énergie.

— Pas seulement du désespoir, mais des mots de la gitane, « *il ne peut rien t'arriver, rien t'arriver* »... Sans elle, j'étais mort.

Paroles...

Il existe au Louvre un sarcophage romain dit « de Prométhée », dont les flancs de pierre nous racontent la légende du géant chassé du ciel par Jupiter pour avoir dérobé une étincelle au Char du Soleil.

Dans la mythologie grecque, Prométhée n'est pas n'importe qui. Malaxant entre le pouce et l'index un peu d'eau et de boue, c'est tout de même lui qui a cette idée brillante, créer l'Homme, le *premier homme*.

Sa voisine de bas-relief, la déesse Athéna, regarde avec curiosité cette *chose* naissant des mains de son créateur. Un peu plus loin, à

Le désir

droite, trois ombres inquiétantes filent la laine en observant la scène.

Trois sœurs, Divinités des Enfers, maîtresses de la destinée humaine, trois sœurs qui ont toujours, et pour cause, le dernier mot : *les Trois Parques*.

Clotho tient la quenouille, la naissance.

Lachésis fait tourner le fuseau — la durée de vie accordée à l'homme.

La troisième, Atropos, coupe le fil : la mort.

Tout est réglé d'avance. Les Parques, inflexibles, fixent le sort de chacun, aussi bien l'heure de sa venue au monde que l'instant de son trépas. Nul traitement de faveur, le moment venu, tout le monde y passe.

Bizarrement, Jupiter aussi. Il faut donc convenir que, même immortels, les Dieux, placés comme les hommes sous le signe de la limite, peuvent mourir.

Et puisque Jupiter est soumis à la Loi commune du Destin, quel autre Dieu, encore plus puissant que lui — mais lequel, il est leur Maître à tous ? —, pourra-t-il dès lors, lui donner le gage de la vie éternelle ?

Qui pourra garantir le Dieu des Dieux ?

Le désir et la destinée

Et les Parques, c'est-à-dire la Mort, qui les garantira ? *Qui garantira la survie de la mort ?*

L'ambiguïté n'est pas sans rappeler la formule de Lacan, « Il n'y a pas d'Autre de l'Autre ».

Autrement dit, tout énoncé n'a d'autre garantie que son énonciation.

En quoi, ni chez les Dieux, et encore moins chez les hommes, plus rien n'est sûr, « *Nothing is granted* », comme disent les Anglais. Cette incertitude, qui nous éprouve, tient au rapport douteux que le très jeune enfant entretient avec l'évanescence des choses : rien ne lui indique que la femme — devinez laquelle — n'est pas porteuse d'un phallus, pas davantage que la mort soit réelle. Il n'y a donc personne pour garantir la parole de celui qui vous garantit. C'est pourquoi, inscrite dans cet espace entre la certitude absolue — métaphoriquement, la mort — et l'absence totale de certitude, le chaos, *la vie est vivante.*

Faites vos jeux, rien n'est joué, tout est jouable.

Et pourtant, tout est scellé. Peut-être parce que le désir nous précède, porté déjà par ceux qui vont nous concevoir et nous léguer ce qu'ils

Le désir

ont désiré, que *nous croirons désirer* à notre tour. C'est ainsi. Le centre de ma vie n'est ni moi, ni en moi, mais ailleurs, hors de moi, étranger. Il est de bon ton, quand on parle de destin, d'évoquer le hasard — il a bon dos.

En réalité, *le hasard, c'est le désir de l'Autre.*

C'est pourquoi les enfants, trop souvent, deviendront ce qu'on voudrait qu'ils soient.

Ou le contraire, ce qui est la même chose.

Combien de petits rats font de la barre à vie parce que leur mère s'était crue danseuse étoile ?

Et les autres, qui entendent à longueur de journée qu'ils finiront sur l'échafaud, quelles sont leurs chances de ne pas y rendre leur dernier souffle ? Ou ces mornes prodiges de huit ans, nés dans un piano, ces champions de tennis en brassière, ces écolières fardées comme de vieilles putains que Maman pousse sur les plateaux de cinéma avec un sourire atroce ?

Où est leur désir ? Qui fixe leur destin ?

Le fils du gendarme n'a pas le choix. Il deviendra gendarme. Ou voleur. Dans les deux cas, aliéné. La troisième voie, pour lui, serait d'être astronome, voyageur de commerce, boucher, horticulteur.

Le désir et la destinée

La liberté est ailleurs, elle est *rupture*.

Où rien, de l'Autre, ne saurait plus étendre son ombre. À partir de quoi, chacun, rendu à soi-même, prend alors sa chance d'énoncer le désir qui lui est propre dans ce charivari où des automates baisent, parlent, dorment, produisent et se reproduisent sans bien savoir pourquoi ils baisent, parlent, dorment, produisent et se reproduisent.

Sans que jamais ne les effleure la question du *sens*, du sens *de ce non-sens*, comme éludée sous la pression d'une menace obscure.

Il est vrai que quelque chose se *cabre* devant le désir. Intuitivement, chacun pressent que si l'on suit sa pente, tôt ou tard, il faudra en payer le prix. On peut aussi s'y dérober. Mais là encore, pour avoir refusé d'y souscrire, on devra s'acquitter d'une autre dette. Avec de fortes chances qu'elle soit plus lourde. Rien n'est innocent dans le désir, nul n'en sort indemne, nul n'y a accès sans prendre le risque d'atteindre la vérité absolue de son être. On comprendra que très peu aient envie de l'affronter. On renonce, donc. Avec l'avantage de mettre sa peur sur le compte de la vertu.

Et surtout — ce n'est pas rien —, en s'abri-

Le désir

tant sous le parapluie de l'ordre établi, *l'ordre des pouvoirs*, là où, après tout, la vie peut être bonne, coite et moite. Dès lors, à l'abri désormais de la détresse ordinaire, on pourra participer au grand raout des *conforts sociaux*, fortune, honneurs, positions, alliances, carrière, autant de compensations offertes à tout amateur de respectabilité prêt à abjurer son désir pour un fantasme de *notable*.

En feignant d'ignorer, dans l'ombre d'une *réussite affichée*, de quoi il a dû s'amputer pour devenir membre du club. « Malheur à ceux qui se contentent de peu », écrit Henri Michaux. Ce *peu*, qui est tout de même l'*essentiel* du plus grand nombre — le service des biens et le lien social, il n'y a que ça de vrai pour un passage terrestre sans histoire —, est pourtant un danger lorsqu'il occupe tout l'espace.

Le ratage, comme nous le fait saisir Lacan dans *L'Éthique de la psychanalyse*, c'est lorsque l'homme *devient la fonction qu'il occupe*. Dans cette longue dérive victorieuse, son essence se dissout. Il ne sait plus ce qui l'a orienté dans cette voie, ni ce qu'il y fait, ni pourquoi il continue à la suivre.

Le désir et la destinée

Certes, à défaut d'être *quelqu'un*, il est devenu *quelque chose*.

Un nom, un titre, un signifiant, donc.

Président de ceci, trésorier de cela, ancien bagnard, futur ministre, ex-fonctionnaire, héros d'un jour, flûtiste.

C'est à ce niveau-là, celui de *la chose*, que se produit le phénomène d'identification sociale soudant les unes aux autres, quoi ? *Les choses de ce quelque chose représentant ce qui est supposé être un sujet.*

On comprendra, ici, ce qui se perd, du registre de l'âme. Comme lorsqu'on s'est trahi soi-même, ou qu'on a trahi l'autre, soit en ne respectant pas le pacte qui nous liait à lui, soit en tolérant qu'il nous trahisse.

Et que chacun, en l'autre, à sa vue, éprouve un peu de mépris pour ce qu'il est lui-même.

Pas fatalement parce qu'il s'est dévoyé à la parole, *sa* parole, ni même qu'il ait trahi la parole donnée, mais parce qu'il a esquivé, consciemment, ce qui aurait pu être *la parole pleine*, c'est-à-dire, à son usage personnel de destinée *éventuelle*, ce qui parlait en lui de son désir.

Et qu'il n'entend plus, fermé à lui-même,

n'étant désormais que cette image bricolée par ses soins à l'usage des autres.

Qui s'en foutent. Entre-temps, oublieux de ce qu'il aurait pu être, il s'y est dissous, s'infligeant ainsi la pire trahison dont un homme puisse se rendre coupable envers lui-même : *céder sur son désir.*

Mais tout le monde n'est pas Antigone ou Œdipe.

Ou Gauguin. C'est-à-dire prêt à mettre sa vie dans la balance pour aller jusqu'au bout de sa vérité.

« À partir d'aujourd'hui, dit-il à Mette, je peindrai tous les jours. » Dès lors, impossible de faire marche arrière.

L'agent de change lisse et neutre, à l'écoute de son désir, peindre, *s'absente* soudain aux autres lois du monde.

Il en meurt, bien sûr. Seul, trahi, désespéré, abandonné par la vie devant son chevalet dans l'écrasante lumière de Tahiti qui mange les couleurs, les choses et les êtres, laissant à jamais inachevée l'ultime toile sortie de ses mains, incongrue en ce lieu dans ses camaïeux de gris, et bouleversante, un paysage breton sous la neige.

Le désir et la destinée

Galilée est plus — comment dire ? — *nuancé* dans sa passion de vérité. Il se renie à genoux pour que les bourreaux de l'Inquisition lui laissent la vie sauve. Mais ce qu'il abandonne là de lui-même, dans cet agenouillement, vaut-il que soit vécu ce qu'il lui reste de vie ? À chacun sa réponse, à chacun sa destinée.

Nous étions trois amis, trois machines à désirer.

Nous avions vingt ans.

Le premier se voulait *écrivain* — il est chroniqueur.

Le second, *coureur de brousse* — il est banquier.

Le troisième était *peintre* — c'est moi, je rédige.

Les vers de Rutebeuf me reviennent en mémoire :

> *Que sont mes amis devenus*
> *Que j'avais de si près tenus*
> *Et tant aimés...*

Il arrive qu'on se revoie. Par rapport à ce que nous avions projeté de nous-mêmes, quel était donc, en termes de destinée, le sens du trajet

Le désir

accompli ? Rater ce que nous avions souhaité être ou réussir ce que nous n'avions pas désiré ? Comment dès lors, dans l'après-coup, ne pas considérer mon destin comme l'ensemble de toutes les choses que j'ai faites ? Et celles que je n'ai pas faites. Et celles que j'aurais *dû* faire. Que j'aurais *voulu* faire. Et qui me gardent, tant d'années après, puisque j'ai failli à les accomplir, ce champ libre où se tapit le désir comme but chaque jour renouvelé d'un leurre à atteindre. Un leurre au-delà duquel s'inscrirait un bonheur, un paradis qui dure à l'abri du chagrin, de la mort et du froid.

À l'École des beaux-arts, je m'échinais pendant des heures à transcrire à la gouache les nuances colorées d'un plumage d'oiseau. À quoi cela me sert-il désormais, moi qui écris ces pages ? À moins que rien ne puisse s'inscrire du réel si l'on n'a pas appris à regarder ce qui est, c'est-à-dire l'invisible.

Par exemple, dans une simple ampoule électrique posée sur une table, l'œil finit par découvrir les détails qui s'y reflètent, à savoir, à notre insu, tout le paysage de la pièce, ses objets, ses murs et ses fruits, ses dossiers, son plafond, ses moulures, et votre œil à vous, qui la regardez,

Le désir et la destinée

comme un révélateur, soudain, ferait apparaître, dans un visage faussement familier — qui peut, sans s'y être exercé, décrire de mémoire un corps de femme ? —, mille reliefs subtils dont on ne soupçonnait même pas la présence.

Ainsi, par rapport à *la chose tracée*, cette ligne imprévisible qui se hasarde dans l'espace, pourrait peut-être en profiler l'esquisse de l'énigme à naître, la destinée.

On pourrait alors, dans le reflet des choses, y déceler l'ombre de l'invisible — sans l'invisible, nous ne verrions rien —, c'est-à-dire l'ombre de son désir. Afin d'aller plus loin, toujours, pour en trouver l'accès.

En n'oubliant jamais que la destinée, heureuse ou maléfique, est ce qui, du désir, se réalise.

Tout le reste n'est qu'existence.

VIII
Création

Le désir et l'éthique

Il faut croire que je suis doué pour le bonheur : dans mes bons jours, il m'arrive de le ressentir par n'importe quel biais, un peu comme Picasso trouvait le sien en dénichant, dans les détritus d'une poubelle, l'objet brisé qui allait devenir création.

Toutes les occasions me sont propices, malgré moi pour ainsi dire, soit qu'il m'arrive de l'extérieur, par hasard, soit que je le fabrique, avec n'importe quoi — ce que la vie offre à tous, et qui me comble. *L'instant.*

Un son, une couleur, un parfum, une saveur.

Ou ce que je prends d'elle, et qui n'existe que pour moi parce que moi seul, *à cet instant-là*, en ai vécu l'intensité, bonheurs aigus, profonds ou dérisoires, mais bonheurs, la lumière

Le désir

oblique du soleil sur la peau quand elle métamorphose, dans un appartement désert, à une certaine heure du jour, en un certain lieu du sud de la France, ou du nord de l'Italie, les imperceptibles poussières en suspension dans l'air en particules d'or.

Ou l'eau, l'eau de la mer quand elle est glacée, et qu'on nage, au loin, l'hiver, sans bien savoir si l'on aura la force de retourner au rivage, cet instant de peur, dans le Pacifique aussi, sur une plage de Malibu, lorsqu'on est projeté au sommet d'une vague monstrueuse dont la crête surplombe de très haut le toit des maisons où vous allez vous fracasser, ou alors des bonheurs plus intimes, la peau de l'autre, quand on la désire, et qu'on la frôle du bout des doigts dans une chambre bleue et que la pluie tombe au-dehors dans des rues froides, ou même encore, souvent, le bonheur, quand j'ouvre les yeux, d'exister, *simplement d'exister*, renaître au jour sans bien savoir ce qu'il va m'apporter, reprendre pied sur terre à cet instant flou de la volupté d'être où je ne sais plus où je suis ni comment je m'appelle et que je m'étire comme pour des retrouvailles du corps, qui s'éveille, balbutie ses gammes, fait l'inven-

Le désir et l'éthique

taire de ses os, de ses nerfs, de ses muscles, bon pour un jour de plus, bon pour encore un jour de vie, tout est en état de marche, prêt à fonctionner, à bondir, à capter l'instant parfait qui s'offre en une splendeur douce où tournent les saisons, basculent les lieux du monde — jadis, en goélette, il fallait six mois pour aller à Tahiti, aujourd'hui, on y est en quelques heures, multiplier les lieux pour dilater le temps —, et les livres, courant sur les murs autour des baies vitrées qui donnent sur la mer ou surplombent la ville, paysages indigo, jeux de lumière, azur rayé de longs sillages blancs, et le silence de la foule, autour du ring, à Vegas, quand sonne le gong du premier combat sous le ciel pourpre du désert, et à Positano, au printemps, les terrasses fraîches posées sur le bleu, dans l'ombre alanguie des lilas, et tout Gauguin pour moi seul, au Grand Palais, un jour de fermeture, et à cinq heures de l'après-midi, à New York, le grouillement des passants, juste avant Noël, dans les rues fumantes de froid où crépitent les grelots, et les pistes d'aéroport, un jour d'hiver, de brume et de boue, quand l'appareil s'arrache à la pluie pour entrer dans la splendeur dure d'un soleil glacé, et aussi, la nuit, quand

Le désir

on quitte Los Angeles à bord du dernier vol pour New York, le « Red Eyes » — le bien nommé parce que personne n'y ferme l'œil —, et qu'on touche terre à l'aube entre deux parallèles beiges de ciel et de béton à l'instant précis où le soleil, en un demi-cercle écarlate, sort de la brume pour s'offrir au jour qui commence, et la rumeur du vent — qui n'a pas entendu le vent, la nuit, dans une lande déserte au cœur de l'Irlande, ne sait rien du vent.

Bonheurs...

Je pourrais en poursuivre l'énumération presque à l'infini, en dresser un catalogue. Liés à des instants, à des lieux, à des êtres, venus du corps ou du cœur, ils appartiennent à qui veut les prendre.

Je sais bien qu'aucun bonheur n'est heureux pour tout le monde — rien ne m'indique que les fragments qui précèdent, même s'ils structurent ma vie, produisent les mêmes effets sur un autre que moi — mais *ce sont les miens*, une partie des miens, autant de ponctuations de ce que je suis, de ce que j'ai voulu, c'est-à-dire *du désir qui me porte*. Il n'y a pas d'autre lieu où situer *l'essence*, en ce qu'elle est le produit de tout ce qu'un homme a vécu de son histoire, souffert, appris, joui, cru, aimé, oublié, espéré, non plus raccroché à une ligne du temps, à sa chronologie, mais concentré en un seul point du temps, tous temps confondus, présent, passé et avenir.

Point absolu qui le représenterait dans son ensemble, *sa métonymie* en quelque sorte, sa signature.

Dont on oublie parfois qu'elle dépend pour beaucoup de ce qui en a façonné l'aboutissement, *l'éthique* — une façon de concevoir, de vouloir, de choisir, de risquer.

Pas forcément une *éthique du désir*, mais quelque chose qui s'apparenterait au *désir d'une éthique*.

Une *morale de l'être*, sans rapport avec la morale collective ordinaire qui permet de mieux se supporter en société, voire de se haïr, mais *en paix*, si je puis dire, harmonieusement — dès lors qu'elle a rempli son office, à savoir, que le désir y est occulté pour de bon.

Rien à voir non plus avec l'angoissant *devoir d'amour universel* des obsessionnels de l'altruisme dont on peut se poser des questions, quand on connaît les avantages qu'ils y trouvent, sur ce qui motive leur engouement — ah,

Le désir

aider l'Autre, malgré lui s'il le faut, l'aider à mort, jusqu'à ce qu'il en crève !

La *morale de l'être*, au contraire, basculerait plutôt du côté du désir. Pour son accès, un seul enjeu possible, sa propre vie. À chaque instant, on peut la perdre.

Descartes l'avait sans doute deviné : « Changer plutôt mes désirs que l'ordre du monde. » Mais eût-il hésité, nous aurait-il donné les *Méditations métaphysiques* ?

Tout se pèse. Se perd d'un côté, se gagne de l'autre.

À chacun, selon ses moyens, de forger son éthique personnelle.

Aussi loin que je m'en souvienne, la mienne n'a jamais varié. Mais là est son paradoxe, elle ne peut ouvrir sur *la liberté* — sa fin ultime — que par le biais de la rigueur. Ainsi, ayant l'illusion que ma vie est le produit de mes choix et que, l'ayant choisie, erreurs comprises, je suis responsable de tout ce qu'il m'arrive, j'ai le désagrément, à moins de passer pour un idiot, de ne jamais pouvoir me plaindre.

Mais l'avantage de faire ce que je veux, comme je veux, où je le veux, et surtout, profitant de mon absence de contraintes — j'en ai

Le désir et l'éthique

jeté énormément par-dessus bord —, de pratiquer l'un de mes bonheurs favoris, *perdre mon temps* — à mes yeux, la meilleure façon d'en ressentir la durée voluptueuse.

Encore faut-il, pour le perdre, en avoir beaucoup — s'est-on jamais demandé où il allait, ce fameux temps *perdu*, c'est quoi le temps perdu, perdu pour qui, gagné pour quoi, à se demander s'il existe un lieu de l'univers où s'accumulerait le temps dilapidé dans un gigantesque entrepôt de temps à perdre ?

La suprématie économique américaine découle d'un adage déprimant, « *Time is money* ».

Bien entendu, à une échelle singulière, c'est le contraire qui est vrai : le temps n'a jamais été de l'argent, mais l'argent, à mes yeux, chaque fois que j'ai dû en gagner, n'a été que du temps, rien que du temps.

Toujours plus de temps. Du temps à l'infini.

C'est pourquoi — si c'est possible à peu de frais, mais surtout, sans y laisser le moindre fragment de son âme (nous serions alors dans Faust, c'est-à-dire, dans la logique du *trop cher payé*) — il convient d'être riche.

Le désir

Il ne s'agit pas, on l'aura compris, d'une fin en soi, mais d'un *moyen*.

Le moyen de contrebalancer, par la pression de l'argent, l'oppression du monde. Vous aimez qu'on vous fiche la paix ? Payez, payez deux fois et donnez vite.

On vous libère, on vous escorte, on vous bénit.

On se demande souvent, au-delà des besoins qu'il annule, à quoi sert l'argent ? À ça. À racheter du temps, le temps qu'on perd à en gagner, le temps que nous prennent les autres.

J'ai lu plus tard une phrase de Bachelard qui m'avait enchanté : « Entre deux événements utiles et féconds, il faut que joue la dialectique de l'inutile. »

Parfois, il arrivait même que l'*inutile* devînt *indispensable*. Je n'avais pas à me forcer, il me suffisait de suivre ma pente. Je me grisais alors de vide voulu, de *vide à vivre*, me complaisant des jours entiers dans cette recherche du *temps à perdre*. J'aimais *le débile*. J'aimais la fadeur, l'inconsistance, le mou, le rien. Les mots pour ne rien dire, pour leur bruit, j'aimais les idiots, les niais, leur sourire de niais, leurs phrases toutes faites, si convenues qu'à l'énoncé de la pre-

Le désir et l'éthique

mière syllabe on connaissait déjà la stupidité du dernier mot.

L'immersion durait ce qu'elle durait.

Puis, selon les saisons, au hasard des parcours, comme après un répit, je rechutais dans les failles du monde, la solitude, la difficulté d'être, l'abandon.

À Dublin, près des docks, cette clocharde aux cheveux filasse qui brandissait une bouteille, avalait des chiffons et crachait sur les passants en leur demandant l'aumône sous une pluie de fin de monde.

Qui n'a été confronté à ce genre de détresse, ici ou là, ailleurs, partout où se survivent ceux qui sont inconsolables d'être nés, en cette glissade poignante de l'aliénation, du ratage et du manque ? Une détresse qui vous coupe de tout retour dans la précarité du monde, une détresse *envisageable*, où chacun, *dans son corps*, peut s'identifier au naufrage de l'autre, à sa douleur.

Entre désastre et désêtre, désir et désarroi, elle ne tient même qu'à un fil, le fil infime qui m'en sépare, un regard, un instant, un rien.

Tout peut basculer, toujours. Et tout bascule.

Le désir

Ce déchet, là, devant moi, si près de moi, dès lors qu'il pourrait être moi, c'est moi.

Moi *possible*.

Qu'est-ce que la vie a fait de nous ? Qu'avons-nous fait de notre vie ? Le désir mène le jeu. Et le désir n'a pas d'éthique. Ni moral ni amoral, simplement hors de toute morale, il nous impose la pureté de son exigence, en un franchissement d'où sont exclues la peur et la pitié.

Le reste se mérite. Mais pour en jouir, il faut que la monnaie dont se paie le désir *nous coûte*, qu'elle nous *prive* de quelque chose de précieux, le temps, l'amour, l'argent, comme un morceau de chair, en guise de dîme, à prélever sur notre corps. En dehors des bonheurs donnés, inespérés, imprévisibles, les autres nous échoient parce qu'on les imagine, qu'on les désire, et qu'on les paie comptant. Celui qui n'est pas curieux de poésie ne jouira jamais d'un poème, Rimbaud, Villon, Marot, Ronsard — bonheur à conquérir, bonheurs conquis. Ou d'autres, et leur couleur, Vermeer, Cranach, de Staël, Signorelli, qui l'excluent de la beauté s'il ne sait pas regarder un chef-d'œuvre, autant qu'il ne comprendra jamais rien aux oiseaux

Le désir et l'éthique

s'il n'a bravé sa peur en se jetant du ciel au bout d'un parachute.

Rien n'est donné, mais pour peu qu'on y mette le prix, tout est à prendre.

Au début de ma vie, j'avais tellement faim de la vie que je vivais sans avoir eu le temps d'apprendre à vivre — j'ai appris plus tard, sur le tas, au fur et à mesure, *en vivant*. C'est dire si dans ma neuve existence, il y avait peu de temps morts. Je baisais sans qu'on m'eût dit comment faire l'amour. J'aimais les bonnes choses avant qu'on m'enseignât en quoi elles étaient délectables.

J'aimais la beauté sans qu'on me l'eût apprise.

Avec les choses essentielles, celles qui partent du corps, c'était assez facile. Mais d'autres, pour être comprises à travers nos manies, nos symptômes ou nos inhibitions, exigent plus de temps. J'ai toujours été en retard — que ceux que j'ai pu faire attendre me pardonnent. Qu'ils sachent surtout que je me suis longtemps demandé, *moi aussi*, pourquoi, sans raison valable, à l'heure dite, je leur faisais défaut.

Quel en était le sens ?

Jusqu'au jour où je pressentis qu'il s'agissait

Le désir

pour moi de retarder la mort — *la mienne* —, par une opération d'exorcisme dont la métaphore, sitôt que je l'eus décodée, me frappa à l'évidence : toute action menée à bien, *achevée*, me renvoyait à ma propre fin.

Ainsi des choses que je brûlais d'accomplir et que je remettais toujours à plus tard, selon le caprice de l'instant, faire le portrait de la femme que j'aimais, rendre visite à Henry Miller à Big Sur, aller pêcher des perches *arc-en-ciel* dans un lac d'Ardèche — un de mes plus vieux fantasmes d'enfance —, relire les Russes, Dostoïevski en tête, et mille autres choses si faciles à réaliser dont j'aurais tiré un plaisir exquis.

Mais voilà, je les laissais en l'air.

C'est qu'il convenait, en ne les accomplissant pas, en les retenant suspendues, de laisser mon désir intact, de me *garder désirant*. De même est-il probable, si je ne peins pas — ce n'est pas l'envie qui m'en manque, mais la terreur qui m'en empêche —, qu'il s'agit de conserver une illusion enfantine : comment la mort s'arrogerait-elle le droit de mettre un terme à mon existence avant que j'aie accompli les choses pour lesquelles Dieu m'avait prêté vie — *prêter*, parce qu'il la reprend en fin de partie. C'est pour-

Le désir et l'éthique

quoi, même dans les plus minuscules événements de mon existence, il convenait d'appliquer la loi du plus tard possible, *la loi du dernier moment*. Retarder le définitif.

Éviter que la boucle ne se referme, garder le désir à distance de peur que, l'assouvissant, je me sente *exclu du désir*.

Je n'avais pas toujours le mode d'emploi pour entrer du premier coup dans ce que nous offrent les autres — question, sans doute, d'environnement.

Je n'ai aimé Matisse qu'à vingt ans, et Bonnard, que je mets si haut, plus tard encore — mais apprend-on Matisse ou Bonnard ?

Dès lors que la sensation n'était pas immédiate, *donnée*, comme on pourrait le dire de l'injustice d'un don qui vous comble sans mérite, il y avait lacune : certaines choses, *pour qu'on les voie*, se doivent d'être désignées.

Elles se conquièrent sur la longue histoire de la pensée où nous guette leur surprise heureuse.

Peu importe ensuite leur durée de séduction.

Il doit y avoir quelque chose d'implacable dans la grâce qui nous lie à ce qui nous fascine.

Le désir

Ou aux êtres qu'on aime. Ils étaient un morceau de nous. Soudain, les voici ombres, s'éloignant dans le bleu comme si on ne les avait jamais aimés.

Mais tout se délie, se dilue, se délite.

Peut-être est-ce l'ordre des choses sans quoi chacun de nous mourrait de son premier chagrin d'amour, à sa première blessure, à sa première trahison.

La vie, comme une honte à boire, écrivait Lacan, *de ce qu'on y survit*. Avec le temps, comme tout le monde, peu à peu, moi aussi, j'ai perdu des amis. Ils sont vivants toujours, je ne sais où. Ils ont simplement disparu de mon existence. Préférant donner plus à très peu plutôt que trois fois rien à une multitude, à peine pouvais-je les compter sur les doigts de ma main.

Ils étaient là, certains depuis des décennies.

Ils n'y sont plus. Comment a pu se défaire ce qui était né spontanément, comme un partage ?

Le temps, la trahison ?

Ou alors, quel désenchantement lié à l'éthique, l'éthique du désir, où l'autre, soudain, ne se reconnaît plus en vous, ni vous en lui.

Le désir et l'éthique

Il y a des fautes de goût, des fautes d'intelligence, et des fautes de cœur.

C'était quoi, un ami, le premier jour ?

Mais peut-être en est-il des amis comme des feuilles d'arbre, qui se détachent un soir sous le souffle du vent, parce que telle est la loi, la loi de ce qui vit.

Sans ce deuil de l'automne, plus rien, sans doute, ne pourrait renaître, ailleurs, différemment, demain.

Naître pour mourir et mourir pour renaître, à la fois superbe et effrayant. Sur cette ambivalence couleur de désarroi, les religions raflent la mise.

Grandes récupératrices de la détresse humaine, elles sont comme un bazar où l'on viendrait troquer son angoisse contre la promesse d'un laissez-passer pour le ciel. Autre coup de génie, nous faire croire que la vraie vie n'est pas cette vie-là, mais l'autre, *après.*

Tout être sensible se consolera ainsi de ce qu'il n'a pas vécu de son désir — à celui-là il faudra sans doute bien d'autres vies pour *compenser*, oser enfin ce qu'il n'a jamais osé, *de son vivant*, précisément.

Mais tout va trop vite.

Le désir

On pisse, on pousse, on passe, on est passé.

Demeurent *les objets*, qui étaient le vif de notre vie.

On croyait y tenir, ils nous tenaient.

Nous voici disparus, ils nous survivent. Aussi bien les objets matériels qui, indifféremment, l'encombrent, l'embellissent ou la pétrifient, que l'abstraction du langage d'où naissent les *objets-désir*, *idées-objets*, *croyances-objets*, *préjugés-objets*, *êtres-objets*, tout ce qui, à la fois, jalonne les étapes, et les structure, mais aussi, trop souvent, alourdit le parcours comme un manteau gorgé de pluie.

J'ai toujours pensé qu'il faudrait que tout brûle, de temps en temps, avant que le temps nous fige, afin d'être autre, parfois, et neuf, comme né de l'instant.

Sur ce point, j'ai été servi.

Juste avant que j'achève ce livre, tout ce que j'avais de précieux, hors la vie et le temps, s'est évanoui. Même pas en fumée — encore me serait-il resté quelques cendres. Mais dans un vide absolu, le vide sans repère du cimetière des signes.

Tout mon travail, notes, idées, projets, manuscrits.

Le désir et l'éthique

Tout ce qui était en cours, déjà fait, ou à faire.
En une seconde, plus rien. Passé englouti, aboli : mon ordinateur, soudain, a rendu l'âme.
Dix ans de ma vie s'effaçaient de sa mémoire.
Et de la mienne, moi qui en ai si peu.
Je me souviens seulement de la phrase que j'étais en train d'écrire à l'instant où disparaissait tout le reste : « Il paraît que chaque atome de notre corps faisait jadis partie d'une étoile. »
Que faire ? Rien. Je restais là, comme un con, muet devant le noir de cet écran aveugle.
Ainsi, tout était gommé, perdu à jamais.
Bizarrement, à ma légèreté soudaine, je compris la pesanteur des choses que nous trimbalons tous dans nos trousses de survie.
Un accident venait de me débarrasser de mille fragments du passé, comme si j'avais quitté une vieille veste qui aurait trop servi.
J'en éprouvais presque du soulagement.
J'allai jusqu'à la fenêtre et regardai la rue.
Il pleuvait.
Il fallait pourtant que je recommence.
Mais avec quoi ? Comment *recommencer* puisque le commencement n'existait même plus ?
La réponse m'est venue : *je commence.*

Table

I. **Scansions**   9
Le désir et le temps

II. **Substitutions**   27
Le désir et le manque

III. **Fictions**   47
Le désir et l'amour

IV. **Pulsions**   79
Le désir et la mort

V. **Équation**   89
Le désir et l'impossible

VI. **Vibrations**   107
Le désir et le sexe

VII. **Dimension**   127
Le désir et la destinée

VIII. **Création**   147
Le désir et l'éthique